약해질 때
비로소 보이는 것들

약해질 때
비로소 보이는 것들

뇌전증 진단 이후, 천천히 일상을 다시 걷다

초 판 1쇄 2026년 04월 03일

지은이 보보
펴낸이 류종렬

펴낸곳 미다스북스
본부장 임종익
홍보국 김가영
편집장 이예나, 안채원, 김은진
디자인 윤가희, 임인영, 윤영빈
책임진행 국소리, 송가희, 김해일, 김경은

등록 2001년 3월 21일 제2001-000040호
주소 서울시 마포구 양화로 133 서교타워 711호, 808호
전화 02) 322-7802~3
팩스 02) 6007-1845
블로그 http://blog.naver.com/midasbooks
전자주소 midasbooks@hanmail.net
페이스북 https://www.facebook.com/midasbooks425
인스타그램 https://www.instagram.com/midasbooks

미다스북스는 다음세대에게 필요한 지혜와 교양을 생각합니다.

약해질 때 비로소 보이는 것들

미다스북스

대한민국 뇌전증 환자 수 약 36만, 나는 그중 한 명이다. 한국에 뇌전증 환자가 그렇게 많은지 병에 걸리고 나서야 알게 되었다. 의사 선생님이 말하길 뇌전증은 흔한 병이라고 한다. 그런데 모두 어디에 살고 있던 걸까? 뇌전증에 관한 것은 텔레비전에서도 책에서도 본 적이 없다. 알려주는 사람도 없고 알려는 사람도 없다. 뇌전증은 그런 병이다. 철저한 무관심 속에 소문만 무성한 녀석. 그래서 신비로운 병.

내가 처음 뇌전증을 진단받은 것은 2016년, 완연한 봄이 오기 전이었다. 선명히 떠오르는 건 발작 뒤의 일들뿐이다. 다른 이들이 으레 그랬듯이 나 또한 당시 같이 있던 친구를

통해 처음으로 이상 증상을 알게 됐다. 당황스러웠을 법함에도 불구하고 낯선 모습의 나를 무서워하거나 피하지 않고 옆을 지켜주었다. 참 감사한 일이다. 속으로 곪다 못해 터져버린 나를 위해 걱정하고 눈물 흘려주는 친구가 바로 곁에 있다니 말이다. 주변으로부터 정말 많은 위로를 받았더랬다. 그 위로 덕에 나는 다시 일어섰다.

많은 사람들 앞에서 발표할 수 있을까?
긴장해서 발작을 일으키지는 않을까?
직장에 들어가서 일할 수 있을까?
머리가 나빠지지는 않을까?

마음을 어지럽히던 수많은 질문들은 직접 경험하고 부딪히며 스스로 만들어낸 두려움일 뿐이란 걸 깨달았다. 수업 중 발표 시간에도 긴장한다고 해서 발작 증상이 일어나지 않았고, 직장에서도 평범하게 일했다. 머리는 오히려 지금이 더 좋다고 느껴질 정도였다. 걱정하던 것이 무색하게 아무 일도 일어나지 않았다. "새는 알을 깨고 나온다. 알은 세계다. 태어나려는 자는 한 세계를 파괴해야만 한다." 헤르만 헤세의 『데미안』에 나오는 구절이다. 그동안 내가 해온 모든 것들이 알을 깨고 나오려던 새의 몸짓이었던 것만 같다.

우리가 알고 있는 위인들 중에도, 사실 뇌전증을 가지고 있었던 사람이 많다. 소크라테스, 피타고라스, 도스토옙스키, 노벨, 단테. 익숙한 이름들이지 않은가? 귀신이 들렸다 말하기에 그들은 위대한 업적을 남긴 훌륭한 사람들이었다. 그러니 뇌전증은 괴담 따위가 아니라는 것이다. 이미 오래 전부터 존재해 왔고, 사람을 해치는 귀신 같은 존재도 아니다. 참고로 위인을 예로 들었다고 해서 '천재 병'으로 오해하는 일은 없길 바란다. 10년 동안 지켜본 내 경험으로, 일단 나는 아니었다.

뇌전증이 있다고 해서 생활하는 데 큰 불편은 없었다. 운이 좋게도 웬만하면 약으로 조절 가능한 경우에 내가 해당 됐기 때문이다. 내가 느끼기에 뇌전증으로 인한 불편함이란 육체적인 것보다 사회적 시선에서 오는 것이 더 컸다. 병보다 무서운 것은 사람이었다. 또한 약을 먹는다 하면 충분히 조절이 되든 말든 아묻따(아무것도 묻지도 따지지도 않고) 비정상으로 분류되는 게 현실이다. 내가 병에 걸리지 않았다면 결코 느낄 수 없었을 것들이다.

그럼에도 새로이 깨닫게 되는 것들이 있다. 아무것도 아니라 생각한 것들이, 사실은 아무것도 아닌 것이 아니라는 점이다. 일상이란 바로 그런 것이었다. 일상은 사람의 몸과 같아서 한 번 균형을 잃으면 다시 되돌리는 데 오랜 시간이 걸린다. 평온한 일상을 지키려면 부단히 노력해야 한다. 겉으로 우아하기 그지없는 백조도 물속에서는 열심히 발을 휘젓고 있는 것처럼 말이다. 아름다운 것은 아름답게 바라보고, 소중한 것은 소중하게 대해야 한다. 그동안 우리는 소중한 게 무엇이냐 했을 때 바로 떠오르는 이들에게 몇 번이나 모진 말을 해왔던가? 처음에는 쉽지 않겠지만, 소중하다면 그만큼 노력하는 것이 맞다. 그리고 잊지 말아야 할 것이 또 있다. 바로 나 자신이다. 과거의 나는 하고 싶은 것을 미루고 행복도 미뤘다. 지금이 행복하다면 미래에도 행복할 텐데, 그 점을 간과하고 있었다. 그래서 현재를 충실히 살아가는 데 집중하기로 마음먹었다. 매일 주어지는 이 하루하루를 열심히 살다 보면, 좋은 미래가 그려지지 않을까? 그 결과, 지금의 나는 글을 쓰고 있다. 좋아하는 글쓰기를 더 이상 어딘가에 있는 미래의 나에게 미루지 않기로 했다.

나의 이야기를 글로 고백하기까지 참 오랜 시간이 걸렸다. 그전에는 내 이야기를 글로 써서 누군가에게 보여줄 것이라는 생각은 단 한 번도 한 적이 없다. 굳이 나의 약점을 만천하에 드러낼 필요가 있을까, 꽁꽁 잘 숨기고만 있으면 아무 문제도 없지 않을까? 그런데 참 이상하다. 7년 차에 접어들자 홀린 듯 내 이야기를 쓰기 시작했다. 여전히 아프다고 생각했는데, 어느새 딱지가 앉은 것이다. 새살이 돋으려는지 간질거렸다. 지금부터 하려는 이야기는 상처가 생긴 과정과 그 위에 연고를 바르고 딱지가 앉아 새살이 돋기까지의 일련의 과정, 그리고 그 기록이다. 사람으로 인해 생긴 상처가 사랑으로 치유되는 것처럼, 이 질병도 사랑으로 치유된다고 나는 믿는다.

제1장
발작의 시작

사실 증상은 겨울의 초입부터 시작됐던 것 같다. 다만 혼자서는 인지할 수 없는 증상인지라 앞으로 내게 무슨 일이 닥쳐올지 전혀 알 수 없었다. 그렇게 스물세 살, 4학년이 시작되었다. 이때는 여러 가지로 스트레스를 받을 일이 많아졌을 때다. 졸업을 목전에 둔 만큼 취업도 걱정이었고 돈이 없는 것도 걱정이었다. 그 탓에 식욕도 뚝 떨어져 늘 밥을 깨작거리며 남기는 것이 일상다반사였다. 친구들이 내게 걱정의 눈빛을 보내던 것이 떠오른다. 하지만 나는 좀처럼 우중충한 기운에서 벗어나지 못했다.

오전 강의가 끝난 후 우리는 늘 그랬듯 가장 싸고 맛있는 중앙도서관 옆의 학생 식당을 찾았다. 무슨 음식을 먹었는지 정확하게 기억나지는 않지만, 아마 돈까스였을 것이다. 돈까스는 학식 중 라면 다음으로 인기 있는 음식이기도 하고, 거의 두 가지를 번갈아 먹었던 것 같다. 갓 나온 따끈따끈한 돈까스를 받아 자리를 찾아가던 도중 나는 갑자기 멈춰 섰다. 마치 퓨즈가 나간 듯이 말이다. 그건 내가 내 신체에 내린 명령이 아니었다. 그 시간은 눈을 감았다 뜨는 정도의 아주 찰나의 순간이었다. 그렇게 생각했다. 여전히 식판을 들고 서 있었으니 그런 줄로만 알았다. 그때 어느새 내 앞에 선 친구가 말했다.

"계속 불렀는데 몰랐어?"

"뭐? 아무것도 못 들었는데…?"

함께 있던 친구의 말에 순간 가슴이 철렁 내려앉았다. 그제야 무언가 이상하다는 것을 직감했다. 나는 놀라 주변을 두리번거렸다. 분명 눈을 감았다 뜨기 전과 똑같은데, 친구가 나를 불렀다는 기억이 없었다. 급히 친구의 표정을 살폈

약해질 때
비로소 보이는 것들

지만 다행히 걱정의 눈빛으로 날 바라보고 있었다. 친구의 말로는 대략 10초 정도를 멈춰 서 있었다고 한다. 세어 보면 꽤나 긴 시간이다.

이때부터 무언가 이상하다는 걸 느꼈음에도 애써 모른 척 넘겼다. 잠시 피곤했나 보다 하고 말았다. 이런 증상이 있는 병은 알지 못했거니와 심각한 일로 만들고 싶지 않았다. 몸이 정상이 아니라는 것을 받아들이고 싶지 않아 회피한 것이다. 하지만 발작은 강의를 듣는 도중에도 찾아왔고, 친구들과 함께 있을 때도 이따금 찾아와 자신의 존재감을 과시했다. 시간이 흐르자 다 들켜버렸다. 나는 이제 더 이상 이 증상을 무시할 수 없었다.

내가 뭘 했는지 기억하지 못하는 순간들이 늘어나며 극도의 불안에 시달렸다. 양쪽에서 두 가지 목소리가 튀어나와 싸웠다. '그럴 애들이 아니야!'라는 목소리와 '하지만 혹시 만약에라도 나를 이상하게 생각하고 있지는 않을까?' 하고 말이다. 하지만 부질없는 고민이었다. 친구는 나도 흘리지 않고 있던 눈물을 대신 흘려주었고, 병원까지도 같이 가 주겠다고 선뜻 이야기해 줬기 때문이다. 내가 아프고 이상 해도 곁을 떠나지 않을 것이라는 믿음이 내게 용기를 줬다.

이제 이상이 생겼다는 것을 인지하였으니 병원에 가야 하 겠지만, 미지의 무언가에 대한 두려움은 여전했다. 만약 큰 병에 걸리기라도 한 거라면? 덜컥 겁부터 났다. 게다가 이 사실을 부모님께 어떻게 말씀드려야 하는지부터도 난관이 었다. 스트레스를 받아 이 지경이 되었음에도 고민은 끊이 지 않았다. 어쩌면 고민 중독이었을지도 모른다.

스트레스 중 하나는 겨울 방학 동안 아르바이트가 구해지 지 않는 것이었다. 개강을 한 달 정도 앞두고서야 겨우 주말 아르바이트로 빵집에서 일할 수 있게 되었다. 일은 힘들었 지만 용돈벌이를 할 수 있게 되었다는 사실에 무척이나 기 뻤다. 그리고 교내 도서관 아르바이트도 신청해 두었었는데 집에서 열심히 치킨을 뜯어 먹던 중 문자를 받았다.

'안녕하세요 중앙도서관입니다. 교내 부직자로 선발되었음을 알려드리오니 3월 2일 08:50~17:00에 도서관 1층 학술 정보지원팀 사무실을 방문하시어 시간 배정받고 근무에 임해주시기 바랍니다. 감사합니다.'

그렇게 평일에는 도서관, 주말에는 빵집에서 아르바이트를 병행하며 공부했다. 주말 아르바이트를 그만둘 법도 한데 두 개 다 한 것은 넉넉하지 않은 집안 형편에 나라도 부담을 덜어드리고 싶다는 욕심이 컸기 때문이다. 그래서 하나라도 놓기가 싫었다.

하지만 욕심의 부작용은 가혹했다. 일하는 도중 발작이 일어난 것이다. 내가 일하던 프랜차이즈 빵집에서는 빵을 굽는 일도 해야 하기 때문에 오븐을 사용했다. 일이 일어난 그날도 여느 때와 같은 날이었다. 발작이 일어나기 전까지는 말이다. 빵을 구워낸 트레이를 빼내기 위해 오븐을 열었을 때였다. 갑자기 매니저님이 나를 불렀고 나는 깜짝 놀라 어리바리하게 대답했다.

"네, 네?"
"힘들어 보이는데 앉아서 쉬고 있어요."

매니저님은 걱정스러운 눈빛으로 지친 것 같으니 쉬고 있으라며 나를 의자에 앉혔다. 내가 힘들어 보였던 걸까? 부끄럽고 죄송스러워 의자에 앉아 반성했다. 그때 매니저님이 다시 내게 말을 걸어왔다.
"오븐 앞에서 멍때리고 있길래 불렀는데 대답이 없어서 걱정했어요."

그 말에 혹시 내가 다른 이상 행동을 하지는 않았을까, 매니저님이 나를 이상하게 생각하시지는 않을까 마음을 졸였지만 다행히 매니저님은 내게 쉬라는 말 외에 다른 말은 하지 않았다. 안도의 한숨을 내뱉는 것도 잠시, 상황 파악을 끝낸 나는 다시 일어나 아무렇지 않은 척 일을 시작했다.

두 아르바이트 중 하나를 그만둬야 한다면 당연히 몸이 고된 주말 아르바이트였다. 어렵지 않은 선택이었다. 도서관 아르바이트는 그나마 앉아 있는 시간도 많고 상대적으로 혼자 작업하는 일이 많아 사람을 상대하며 긴장할 일도 적기 때문이다. 게다가 카트에 실린 책들의 자리를 찾아 꽂아두는 일은 나의 일상에서 몇 없는 즐거움 중 하나였다.

결국 빵집 사장님께 몸이 좋지 않아 더 이상 일하기 힘들 것 같다 말씀드리고 빵집을 나오게 되었다. 나의 퇴사 절차는 무척이나 순조롭게 이루어졌다. 사장님은 한 달 남짓밖에 일하지 않은 내게 눈치 주지 않고 오히려 아쉬워하고 진지하게 걱정해 주셨다. 짧은 시간이었지만 좋은 분들과 일할 수 있었음에 감사했다. 그리고 이제 마지막으로 하나의 큰 관문만이 남았다. 그건 바로 부모님께 말하기다.

집으로 돌아온 뒤 부모님을 찾았다. 그리고 드릴 말씀이 있다고 말하며 식탁에 둘러앉았다. 긴장으로 손에서 땀이 계속 났던 것 같다. 정확히 어떤 말을 했는지는 기억이 희미하지만, 내가 겪은 일들을 최대한 거르고 순화하여 담담히 말하려 노력했던 기억은 난다. 당연하지만 내 이야기를 들은 부모님의 표정은 매우 심각해졌다. 피곤해서, 그래서 잠깐 그러고 말 것이라는 일말의 작은 희망을 가지고 우리는 동네에서 가장 큰 병원을 찾았다.

그렇게 난생처음으로 뇌 MRI와 뇌파검사라는 것을 받아

보게 되었다. 알바로 번 돈이 고스란히 검사비로 나가게 되었지만 오히려 뿌듯했다. 부모님께 손 벌리기 죄송해서 알바를 한 것이기도 했으니까. MRI를 찍기 위해 차갑고 동그란 흰 굴속으로 들어갔다. 머리맡에서 윙윙거리는 크고 낯선 기계 소리에 오싹한 기분까지 들었다. 뇌파검사를 위해서는 수십 개의 전극을 머리와 얼굴에 붙여야 했는데, 그 모습이 꼭 영화 〈엑스맨: 퍼스트 클래스〉에 나오는 뇌파 증폭 헬멧 같아 웃음이 났다. 이럴 때 아니면 머리에 줄줄이 전극 붙이는 걸 언제 해보겠어?

뇌파검사 후 머리에 남은 젤을 닦으며 검사 결과를 기다렸다. 우리는 별 이상이 없다는 진단을 듣고 빨리 집에 가고 싶었지만, 기대와 달리 의사 선생님의 입에서 나온 말은 생경한 단어였다.

"뇌전증입니다. 옛날에는 간질이라고 불렀었죠."

뇌전증 그게 뭔데? 처음 들어보는 병명에 이게 좋은 건지 나쁜 건지도 몰라 어떤 반응도 하지 못했다. 당황했던 것 같다. 그저 얼른 괜찮을 거라 말해주길 기다렸다. 의사 선생님의 말로는 뇌전증은 유전되는 병도 아니거니와 나의 경우에는 약만으로도 완치 가능성이 높은 예후가 좋은 병이었다. 나중에 찾아보니 뇌전증은 치매, 뇌졸중과 함께 세계 3대 신경계 질환으로 국내에서도 치매, 뇌졸중 다음으로 많은 병이었다. 그렇게 많은 사람이 뇌전증을 가지고 있다는데, 나는 이 병을 그날 처음으로 제대로 알게 되었다.

뇌전증에는 여러 종류가 있는데, 나는 그중 측두엽 뇌전증이었으며 발작의 종류는 부분발작에 가까웠다. '발작에도 종류가 있어?' 싶을 수도 있는데 나의 경우에는 움직이다가도 동작을 멈추고 멍하게 어딘가를 응시하지만 기억하지 못하는 것 등의 증상만 있었다. 발작이 심한 경우에는 완전히 의식을 잃고 쓰러지는 경우도 있지만, 그것만이 뇌전증은 아니다. 보통 어린아이일 때 뇌전증이 나타나는 경우가 많다고 하니 만약 아이가 멍을 자주 때린다면 자세히 관찰할 필요가 있다. 멍때리는 게 진짜 멍때리는 게 아닐 수 있다니 무서운 일이 아닐 수 없다.

뇌전증을 직접 겪고 나니 새삼 뇌가 신기하게 느껴졌다. 아직 인간의 뇌에 대해 우리는 모두 알지 못하지만 밝혀진 일부분만으로도 신기한 것들이 많았다. 내가 알게 된 것은 공포에 관여하는 '편도체'가 있고, 또 어떤 감정을 느끼느냐에 따라 활성화되는 뇌의 특정 부분도 저마다 다르다는 것이다. 그만큼 뇌는 사람에게 중요하고 신비로운 기관이다.

합병증이 있는 게 아닌 이상 뇌전증 자체로만 본다면 그리 심각한 병은 아니다. 하지만 뇌전증을 바라보는 사람들의 시각은 심각하다. 죽을지도 모르는 중증의 병이 아니니 평범하게 감기 같은 것이라 말하는 사람이 있는 반면, 발작이라는 부분에 초점을 맞추어 위험하고 살아가는 데 어려움이 드는 심각한 병이라 보는 사람이 대부분이다. 안타깝게도 사회에는 후자의 인식이 절대적으로 강하다. 과거 '귀신병'이라 부르던 걸 생각하면 뇌전증에 대한 인식이 얼마나 낮은지는 말을 다 했다고 볼 수 있다. 이 얼마나 무지하고 상처 주는 별명인가. 발작을 일으키는 모습을 마치 귀신이 들린 것처럼 기괴하게 본 것이다. 그런 시대였기에 뇌전증

을 가진 사람들은 자신의 병을 최대한 숨기고 드러내지 않
아야만 했다. 아니, 숨겨야만 했다. 안타깝게도 말이다. 그
것이 바로 우리가 뇌전증을 가진 사람을 만나지 못했던 이
유다.

병에 걸린 데에 완벽한 정답은 없었다. 보통 소아일 때,
외적인 뇌 손상 혹은 엄청난 고열에 시달리는 등의 요인으
로 생기거나 뇌출혈과 함께 합병증으로 오거나 한다는데 그
중 나에게 해당하는 것은 아무것도 없었다. 의사가 내린 결
론은 과도한 스트레스였다.

뇌전증 진단을 받고 몇 년이 지나 서울 신촌에 있는 대학
병원에 갔었을 적의 일이다. 어머니는 유명 대학 의사 선생
님에게 그동안 궁금했던 것들을 물었다.
"스트레스받으면 안 되죠? 애가 뭐든지 혼자 스스로 해결
하려 하는 편이에요."
그러자 의사 선생님이 덤덤하게 말씀하셨다.
"보통 그런 사람들이 많이 와요."

어릴 적의 난 바쁜 부모님을 위해 할 수 있는 건 스스로 해야 한다고 생각하는 어린이였다. 그래서 공부도, 여름방학 숙제도 모두 혼자 하려고 했고, 누군가에게 기대지 않고 스스로 하는 것이 내게는 습관처럼 당연한 것이 되었다. 그렇게 혼자 해결할 수 없는 일조차 끌어안고 고민하는 어른이 되었다. 이런 내가 생각과 현실의 괴리에 스트레스를 받는 건 당연한 수순이었다.

이수은 작가님의 『실례지만, 이 책이 시급합니다』라는 책에서 말하기를, '감당하기 버거운 일이 닥쳤을 때 좌절에 압도당하면 사람은 무기력해지며 이것이 오래 지속되면 일상이 망가진다.'라는 구절이 나온다. 이러한 무기력 상태가 계속되면 우울증이 될 수도 있다. 뇌파검사를 받을 때 심리 검사도 늘 같이 받았었는데 그 이유가 뇌전증을 가진 사람들이 우울증도 가진 경우가 많아서였다. 우울증이 먼저인지 뇌전증이 먼저인지 정확히 알 수는 없으나, 어쨌든 극심한 스트레스가 지속되다 보면 병에 걸릴 가능성이 높아진다는 게 정말 없는 이야기는 아닌가 보다. 본래도 스트레스가 만

병의 근원이라는 말을 믿었지만 이제는 확신한다.

복잡한 세상 스트레스 안 받는 사람이 없다고는 하나, 그걸 당연시하고 관리하지 않으면 종국에 큰 눈덩이가 되어 덮쳐올지 모른다. 나처럼 말이다. 그러니 힘들다고 느껴질 때면 가벼이 넘기지 말고 환기하고 케어해주자. 힘들다는 걸 인정한다고 해서 나약한 것은 아니니 마음껏 스스로 다독여주길 바란다. 완벽이라는 것은 인간이 만든 단어일 뿐, 완벽을 쫓는 게 아닌 자신만의 방향을 가지고 살아가면 된다.

선생님이 짚어주신 나의 뇌 MRI 사진에는 작은 특이점이 있었다. 아몬드 모양을 가진 편도체가 비정상적인 뇌파의 자극으로 인해 부풀어 오른 것이었다. 사람이 주먹으로 맞으면 멍이 들고 부어오르듯이 편도체라는 것도 반복되는 자극으로 인해 부어오른 모양이었다. 다행히 이 경우는 꾸준히 약을 먹어 발작이 줄면 자연스레 좋아지는 부분으로 크게 문제 될 것은 없었다. 결과적으로 나의 상태는 양호했다.

의사 선생님이 괜찮다고 해서 처음 마주하는 낯선 병이 무섭지 않은 것은 아니었기에 집으로 돌아온 날 밤잠을 설쳐야 했다. 나중에는 기억도 나지 않을 꼬리에 꼬리를 무는 온갖 잡생각들이 나를 괴롭혔다. 병으로 인해 내 인생이 변하는 것은 아닌지, 불확실한 나의 미래가 무서웠다. 어느새 베개가 눈물로 축축하게 젖어있었다. 그날은 새벽 5시가 되어서야 겨우 기절하듯 잠들 수 있었다.

진단받은 첫 몇 달은 병을 나의 일부로 받아들이지 못하고 방황했다. 그러나 시간이 흐르며 깨달은 것이 있다. 병이 있다고 해서 내 삶이 불행해지는 것은 아니라는 것이다. 그저 어느 날 문득 들여다봤을 때 점이 생겨나 있는 것처럼, 뇌전증 또한 새로운 특성일 뿐 그걸로 나라는 사람 자체가 변하지는 않았다.

"왜 하필이면 나에게 이런 일이 일어난 걸까?" 우리는 어려운 일이 생길 때마다 답을 내리기 힘든 질문을 스스로에게 던질 때가 있다. 나 또한 그러했으나 책 속에서 뜻밖의

우문현답을 만났다. 젊은 나이에 뛰어난 신경외과 의사로 교수 임용을 앞뒀던 저자 폴 칼라니티는 어느 날 갑자기 암 진단을 받게 된다. 그리고 쓴 책이 『숨결이 바람 될 때』인데 여기에서는 이 질문에 '나라고 암에 걸리지 말라는 법이 있는가?'라고 답한다. '이럴 수는 없어!'가 아니라 '그럴 수도 있다'는 그의 답은 나로서 생각지도 못한 것이었다. 의사로서 수많은 암 환자들을 만난 그였기에 가능한 통찰이지 않았을까?

절망에 빠져 칭병하지 말고 긍정적인 태도로 있는 그대로 받아들여 보자. 그럼 생각보다 '나'라는 사람은 크게 변한 것이 없다는 걸 알게 될 것이고, 주저앉은 자리에서 다시 일어날 수 있을 것이다. 우리는 누구나 병에 걸릴 수 있다. 이미 아프거나 아플지 모를 그대들에게 당신은 변함없이 당신이라고 말해 주고 싶다. 아무리 병에 걸리더라도 소중한 한 사람이라는 가치가 훼손되어서는 안 되며, 그래야만 한다.

　　병원에서 처방받은 뇌전증 약을 먹으며 조금은 편해진 마음으로 다시 학업에 임했다. 분명 약을 먹으며 발작은 눈에 띄게 없어졌지만 아이러니하게도 몸의 상태는 점점 나빠져 갔다. 약은 작은 알약 세 개가 1회분으로 하루에 두 번 먹는데 쓴 맛이 없음에도 좀처럼 식욕이 나질 않았다. 그뿐인가? 김밥을 먹더라도 한 줄도 채 먹지 못했으며 먹으면 먹는 대로 모두 몸 밖으로 배출되기 바빴다. 그러니 먹어도 먹는 게 아닌 셈이다. 오히려 몸에 있는 수분까지 모조리 빠져나가 차라리 아무것도 먹지 않는 게 훨씬 나을 정도였다. 김밥 두 개도 못 먹는다니, 불닭볶음면과 짜장 라면을 섞어 먹던 나에게는 있을 수 없는 일이었다. 결국 부모님과 나는 더 이상 이 상태를 지켜보고 있을 수만은 없다는 결론을 내렸고, 대구에 있는 더 큰 대학 병원을 찾아가게 되었다.

이전 병원에서 한 뇌 MRI를 제외하고 재검사와 추가 검사를 한 뒤 진료를 받았다. 결론부터 말하자면 내가 처방받았던 약이 문제였다. 여성인 내가 먹기에는 많은 양이었고, 지금의 내게 맞지도 않는 약이라는 것이었다. 그래서 약의 부작용으로 구토와 설사 등 생고생을 하게 된 것이다. 그 사실을 알게 된 나는 너무 화가 났다. 처음부터 제대로 된 약을 먹었더라면 그런 고생을 할 일도 없었을 텐데 하고 말이다. 하지만 이제라도 좋은 병원으로 옮기고 약도 나에게 맞는 것을 찾아 먹게 되었으니 그것만으로 어딘가 싶어 금방 풀렸다. 게다가 전이라면 세 개 정도의 알약을 한 번에 먹어야 했다면 이제는 한 번에 한 개의 약만 먹으면 되어 좋았다. 그동안 왜 세 개나 먹었던 거람?

새로운 약으로 교체되고 난 후에는 신기하게도 더 이상

구토와 설사를 하지 않게 되었다. 조금만 먹어도 토해냈던 이전과 달리 이제는 음식을 먹어도 속이 불편하지 않아 마음 놓고 먹을 수 있었다. 진지하게 앞으로 평생 음식을 새 모이만큼만 먹어야 하는 건 아닌가 걱정하던 때도 있었기에 무척이나 행복해 했던 기억이 난다. 먹는 즐거움을 포기하지 않아도 돼서 다행이다.

한참 못 먹고 있을 때 살이 빠진 것 같다는 친구의 말을 듣고 문득 몸무게를 재보고 싶어졌다. 집에 돌아와 구석에 박혀있던 체중계를 꺼내 닦고는 그 위에 올라섰다. 그리고 나온 수치에 깜짝 놀랄 수밖에 없었는데 본래 나의 평균 몸무게로부터 약 10kg이나 빠져 있었기 때문이다. 사람이 갑자기 살이 찌거나 빠지면 병이 있는 거라더니 내 몸은 이미 신호를 보내왔었나 보다. 하지만 10kg이 빠졌음에도 정작 스스로는 눈치채지 못했다는 게 참 아이러니하다. 나 정말 둔하구나 싶었다.

나에게서 처음 보는 낯선 몸무게에 '맙소사! 그럴 리가 없는데' 하면서도 은근히 기분이 좋아 웃음이 절로 새어 나왔다. 지금껏 아무리 다이어트를 해도 볼 수 없었던 숫자였다. 어쨌거나 빠진 건 빠진 거니까 평소보다 조금은 남는 옷을 입고 룰루랄라 했지만 이 즐거운 시간도 그리 오래가지 못했다. 몸은 질량보존의 법칙을 꼭 지키려는 것 마냥 먹는 족족 살로 보내기 시작하더니 얼마 가지 않아 본래의 몸무게로 원상 복귀하는 데 성공했다. 이걸 반겨야 하는 건지 슬퍼해야 하는 건지 참…. 확실한 건 부모님은 무척 반겨주셨다는 거다.

유지하려면 할 수 있었을까? 아마, 지옥에서 살아 돌아온 식욕은 마치 폭주 기관차 같아서 막을 수 없었을 것이다. 그래도 여러모로 좋은 경험이 되었다. 내 몸도 빠질 가능성이 있는 몸이란 걸 알게 됐으니 나름의 수확이라면 수확이다. 다시 빼면 되지! 언젠가는 말이다. 나중에 나올 이야기이지만 10kg은 아니어도 나는 다이어트에 성공하게 된다.

약을 먹게 된 후 확실히 나는 더 이상 발작을 일으키지 않

있다. 뇌전증은 약물치료만으로 발작이 조절되는 경우가 많기 때문에 크게 걱정하지 않아도 되지만 약을 먹기 시작한 지 얼마 되지 않았던 난 불안했다. 대부분이 조절된다고 하지만 그게 완전한 100퍼센트를 말하지는 않으니까.

가장 불안했던 때가 언제냐고 묻는다면 그건 강의 시간이었다. 강의가 시작되고 끝날 때까지 나는 좀처럼 수업에 집중하지 못했다. 그럼 수업할 동안 뭘 했냐고? 맹수가 우리에서 튀어나오는 건 아닐까 감시하듯 수업 시간 내내 내 손만 붙잡고 쳐다봤다. 약을 먹기 전의 일이긴 하지만, 수업 도중에도 발작이 일어난 적이 있었기에 더 그랬다. 나도 모르는 사이 발작이 일어나 모든 사람들이 나를 쳐다보고 있는 상황이라니 상상만으로도 속이 울렁거릴 지경이다. 1시간이 넘는 긴 수업 시간 동안 긴장 상태였기에 마칠 때쯤이면 손바닥엔 식은땀이 흥건했다.

교통사고를 당하고 난 뒤 겪는 후유증과 비슷하지 않을까? 이미 그 현장에서 벗어났음에도 사고 당시 느꼈던 강한 충격을 떨쳐내지 못하고 계속 겪고 있는 것 같은 기분 말이다. 당장 벗어나기는 힘들겠지만, 시간이 약이라는 말이 있 듯 나에게도 시간이 필요했다. 파도가 남기고 간 흔적은 부 드러운 모래 위에도 새겨진다. 젖고 쓸려나간 자리는 시간 이 지남에 따라 자연스레 마르고 언제 그랬냐는 듯 부드러 운 바람에 몸을 맡겨 날아다닌다. 마음도 그렇지 않을까?

9와 4분의 3 승강장

04

4학년의 마지막 학기, 교내 도서관 아르바이트를 신청했다. 이전 학기에 경험했던 도서관 일이 나에게 정말 잘 맞았기 때문이었다. 하지만 세상만사 마음대로 되지 않는다고 했던가? 안타깝게도 치열한 아르바이트 경쟁에서 나는 떨어져 버렸다. 그런 이유로 낙담하고 있을 때, 도서관 2층에 들어서자마자 나를 알아본 누군가가 다가왔다. 지난 학기 내가 일하던 층 아래층에서 일하시던 사서 선생님이셨다. 선생님이 먼저 내게 반갑게 인사했다.

"2층에서 민경 쌤이랑 일했었죠?"

정말 환한 웃음으로 반겨주셔서 나까지 기분 좋아질 정도였다. 그런데 더 좋은 일이 생겼다.

"혹시 도서관에서 아르바이트할 생각 없어요?"

이게 웬걸! 마침 선생님 네에서 같이 일하기로 했던 친구
가 수강 정정 문제로 일하지 못하게 되었다는 것이다. 이건
정말 신이 주신 기회라 생각하며 그 제안을 냉큼 받아들이
고서는 곧바로 내 강의 시간표를 보여드렸다. 마침 시간표
를 도서관 아르바이트하기 좋게 널널하게 짜둔 것이 큰 도
움이 되었다. 그렇게 나는 마지막 학기의 많은 시간을 도서
관에서 일할 기회를 얻었다.

내가 이렇게 좋아라 하는 데에는 많은 이유가 있다. 먼
저 다른 일에 비해서는 피로함이 덜해 학업에 크게 무리를
주지 않는다는 것과 책을 자유롭게 읽을 수 있는 환경이라
는 것이다. 몸을 움직이지 않는 것은 아니지만 급하게 처리
할 필요 없고 사람을 많이 상대하는 것도 아니라 몸과 정신
이 편한 상태로 일을 할 수 있다는 것, 이것은 내게 있어 아
주 큰 장점이었다. 뇌전증을 진단받은 지 아직 반년 정도밖

에 되지 않았기에 좀 더 스트레스를 받지 않고 편하게 할 수 있는 아르바이트를 바랐다. 초반에 조심해서 나쁠 건 없으니까. 그리고 감사하게도 시험 기간 중 일이 별로 없을 때는 공부할 수 있도록 배려해 주시기도 했다. 카트에 책을 싣고 정리할 때는 천천히 해도 되는 일인지라 구석에서 몰래 책을 읽기도 했다. 물론 농땡이를 피워도 된다는 건 아니다! 어디까지나 할 일을 빨리 끝내고 잠시 쉬는 개념으로 하는 거니 함께 일하는 분들에게 폐를 끼치지 않도록 주의하자.

도서관의 백색 소음 속에서 책을 정리하다 보면 나 혼자 마치 다른 세계에 있는 듯한 묘한 기분이 들기도 한다. 책장 사이사이를 오고가다보면 때때로 우연히 내게 도움이 되는 재미있는 책들을 만나기도 한다. 어릴 때부터 소설 작가를 꿈꿨던 난 자연스레 글쓰기와 관련된 파트 근처에서 자주 어슬렁거렸는데 이때 도러시아 브랜디의『작가 수업』책을 만났다.

『작가 수업』은 작가를 꿈꾸는 나에게 큰 위안과 용기를 주

있으며 글을 쓰는 마음의 지침서와 같은 책이 되었다. 나 같은 경우에는 우연히 발견하여 읽었지만 알고 보니 1934년부터 작가 혹은 작가 지망생들의 필독서이자 전 세계 베스트셀러로 글쓰기 지침서의 어머니로 불렸다고 한다. 지금 생각해도 도서관 아르바이트를 하며 가장 잘한 일 중 하나가 이 책을 발견한 것이라 생각한다.

창작 기교에 대한 수업이 아닌 작가로서의 멘탈 케어와 방향을 제시해 주는 책은 처음이었다. 쓰고 있는 이야기를 누군가에게 보여주고 나면 어떤 형태로든 반응이 나오게 되는데, 여기에서 전달해 보여준다는 목적이 달성되어 더 이상 힘겹게 계속 쓰고 싶지 않을 수 있다는 내용이 나온다. 이 부분에서 정말 예리한 분석이라고 생각했다. 나 또한 그런 기분이 들까 봐 다른 사람들에게 보여 주는 걸 어려워했는데 의외로 이런 경우가 많고 이상하지 않은 현상이라는 점에 심심한 위로를 받았더랬다. 다른 것에서는 안 그러는데 유독 소설을 쓸 때면 마음이 더 약해지고 작아지는 것 같다.

수줍음이 많아서 글을 쓰지 못한다니 비유도 찰떡이다. 소설을 쓰다 보면 인물들이 격정적인 감정에 휩싸일 때가 있다. 이때부터 어떻게 써 내려가야 할지 막막해지기도 한데 이것을 작가가 수줍음이 많아서 그렇다고 표현한다. 글을 못 쓰는 게 수줍음 때문에 그렇다고? 어이없게 들릴 수도 있겠지만, 도러시아 브랜디는 감정에 호소하며 거침없이 써 내려가야 할 부분에서 막히는 건 기교가 아닌 감정적 표현에 서툰 작가의 성격 때문이라고 집어냈다. 자기 자신조차 인지하기 힘든 글쓰기의 고충을 섬세하게 풀어내 주는 선생님을 만나고 싶다면 『작가 수업』을 읽어보라고 추천해 주고 싶다.

아르바이트와 수업을 병행하며 나쁘지 않은 마지막 학기를 보냈다. 나의 대학 로망 중 하나였던 대학도서관 아르바이트를 1년 동안 할 수 있어 즐겁고 행복한 시간이기도 했다. 다양한 사람을 만나며 내 안의 세계가 확장되는 의미 있는 나날이었다. 다양한 의견을 자유롭게 나눌 수 있다는 건 늘 즐겁다. 상대방을 존중하며 주고받는 대화는 마치 책을 읽는 것과 같아서 새로운 걸 깨닫기도 하고 나를 성장시켜 주기도 한다.

　모든 병원이 그렇듯 약을 처방받기 위해서는 먼저 진료를 받아야 한다. 나의 경우 초반에는 약효와 상태 확인 차 한 달에 한 번 꼴로 진료를 받았어야 했다. 이 시기에는 두 달에 한 번 꼴로 병원에 갔다. 그러다 시간이 흐르며 나중에는 두 달에 한 번에서 세 달에 한 번으로 진료 주기가 늘어나기 시작하더니 2022년 현재는 8개월 간격이 되었다. 진료 주기가 멀어졌다는 건 그만큼 나의 상태가 안정적이라는 것을 의미해 나는 물론이고 부모님도 긍정적으로 생각하고 있다. 사실 한, 두 달에 한 번씩 진료를 받는 게 별거 아닌 것 같아 보여도 여간 번거로운 게 아니다.

　일단 내가 사는 지역에 있는 병원이 아닌지라 차를 타고 병원까지 이동해야 하는데 이 시간만 약 1시간 반 정도다. 그리고 도착해서 진료를 바로 받는가? 아니다. 기다리는 시간도 있고 진료 보고 나면 가까운 약국에서 약도 받아야 한다. 그렇게 따지면 병원 볼일을 보는데 넉넉잡아 약 4시간 이 걸리는 셈이다. 이 번거로운 과정을 거치고 돌아왔는데 4주 뒤에 또 똑같은 일을 반복해야 한다고 생각해 보라. '벌써?'라는 말이 절로 나오지. 그래도 이제는 조금 느긋하게 말할 수 있다. 무려 1년이나 잊고 있다가 병원 가는 달이 다가오면 '이제 갈 때 됐지.'라고 말이다.

혹시 나만의 엄청난 잠버릇이 있는가? 수면 자세는 사람마다 다양하여 성격 특징과 연관 짓기도 한다. 아기 형, 통나무 형, 군인 형, 자유낙하 형 등 한 번쯤은 들어본 적이 있을 것이다. 나 같은 경우에는 여러 수면 자세를 번갈아 가며 하다가 최근 천장을 향해 똑바로 누워 자는 것으로 정착했다.

어릴 적에는 몸부림이 조금 심한 어린이였다. 스스로도 신기했던 경험을 이야기해 보자면, 방 안에서 자고 있다가도 아침에 깨어보면 상반신만 문밖으로 튀어 나간 전적이 있다. 초등학생 때는 큰 방에서 우리 삼 남매가 같이 잤었는데, 동생의 배 위로 묵직한 내 다리를 올려 나도 모르게 동생을 암살할 뻔한 적도 있다. 고작 어린아이 다리가 무거우면 얼마나 무겁다고 생각할 수도 있지만, 초등학생 때의 나로 말할 것 같으면 한약의 부작용인지 식욕이 왕성해진 시기였고 마르고 작은 동생은 그런 내 무게를 감당하기 힘들었을 것이다.

물론 과거는 과거일 뿐이다. 지금의 나는 더 이상 문 밖으로 탈출하지도 않고 나름 반듯하고 평범한 자세로 잘 잔다. 하지만 부모님은 지금도 여전히 아침마다 나의 자는 모습을 확인하신다. 옛날에 살펴보셨던 이유가 내 다리로 인해 동생이 숨을 쉬지 못할까 봐서였다면, 지금은 뇌전증으로 인해 자는 사이 발작을 일으키지는 않았을까 걱정돼서이다. 발작으로 몸이 꼬이지는 않았는지, 혹은 불편한 자세로 자고 있지는 않은지 두 눈으로 확인하는 것이다.

어찌나 걱정이 많으신지 초반에는 이런 일도 한 번 있었다. 아마 아침이었을 것이다, 비몽사몽 상태로 누워있는데 코밑으로 손가락을 슥— 가져다 대시는 게 아닌가. 숨을 쉬는지 안 쉬는지 확인해 본다고 그러신 것 같은데 나는 그 상황이 어이가 없어 '푸흐흐' 웃어버렸다. 나를 걱정해서 하신 행동인 걸 알지만 지금 생각해도 너무 웃긴 일화다.

어머니는 누워있는 내 팔다리가 꺾인 것 같다거나 비틀어져 있을 때면 꼭 풀어서 바른 자세로 만들어야 직성이 풀리셨다. 팔다리를 쫙쫙 펴고 나면 자신이 만든 작품을 감상하듯 보고 난 후 밖으로 나갔다. 그것도 몇 년이나 한결같이 말이다. 그것이 마치 애기들이 힘든 자세로 누워 있으면 바른 자세로 고쳐주는 부모의 모습 같아 다 커서 받는 아이 취급이 웃기면서도 한편으로는 찡했다.

이불을 제대로 안 덮고 있을 때면 배가 차지니 안 된다고, 문을 닫고 있으면 공기가 통하지 않는다고, 부모님의 잔소리는 끝이 없다. 하지만 어쩌겠는가? 그게 부모가 자식에게 표현할 수 있는 사랑 표현의 한 방법인 것을.

약해질 때
비로소 보이는 것들

의미 없이 널브러져 있는 나의 포즈에도 엄마는 '왜 그러고 있는 거야?'라고 지나가며 묻는다. 사실 무슨 의미가 있는 건 아니고 편한 자세라 그러고 있을 뿐인데도 혹여 무슨 문제라도 있는 건 아닐까 걱정한다. 그런 모습을 볼 때면 다 내 탓인 것만 같아 죄송한 마음이 들다가도 조금은 귀찮게 느껴질 때도 있다. 하지만 이 귀찮다는 마음 또한 나 때문에 걱정을 달고 사시는 부모님의 모습이 안타까워 그 답답함에 나오는 감정이기도 했다. 이 점에 대해서는 공감하는 사람이 많지 않을까? 오늘도 나는 속으로만 말한다, '그렇게까지 안 해도 된다니까!'라고 말이다.

다른 사람이 보면 과잉보호하는 거 아니야? 싶을 정도로 나의 미묘한 변화를 알아차리고 걱정하시는 부모님의 모습은 그만큼 나를 사랑하는 마음이 크기 때문이라는 것을 안다. 그렇기에 늘 감사한 마음이 크지만 이제는 정말 괜찮으니 마음의 짐을 내려놓으셨으면 한다. 그러려면 내가 먼저 신뢰할 수 있는 모습을 보여드려야겠지.

모든 자식을 둔 부모의 마음이 그럴 것이다. 자식이 아프면 모두 내 탓인 것만 같고 더 잘해주지 못해 미안한 마음 말이다. 하지만 그런 부모 마음에 자식들 또한 이런 마음일 것이다, '부모님은 아무 잘못 없어요.'라고. '내 탓이오.'라고 말했을 때 본인의 가슴에 한 번 그리고 자식의 가슴에 한 번 상처를 준다. 그러니 우리 서로 누가 잘못했느니 따지지 말기로 하자. 우리는 잘못한 것이 없으니까. 누군가의 잘못이 아니라 기회를 얻은 것이다. 서로를 더 사랑할 기회 말이다.

자신에게 맞는 약을 찾는다는 건 생각보다 어려운 일이더라. 나의 경우 총 3가지 종류의 뇌전증 약을 먹어보았다. 처음 뇌전증을 진단받았을 적에 먹었던 자론틴, 중간에 아주 잠깐 먹었던 케프라정, 지금 꾸준히 먹고 있는 트리렙탈이 있다. 그런데 이 중 스파이가 하나 있다. 뇌전증에 대해 잘 아는 사람이라면 이미 알겠지만 정답은 조금 뒤에 밝히도록 하겠다.

처음 뇌전증을 진단받고 먹었던 '자론틴'은 내가 가장 심하게 부작용을 겪었던 약으로 약 2주 동안 복용했던 걸로 기억한다. 괜찮아지길 바라며 먹었던 약이지만 곧 그게 아니란 걸 온몸으로 느껴야만 했다. 약을 먹고 2주 동안 구토와 설사로 고생했기 때문이다. 뭘 먹어도 속에서 받아들이지 못해 김밥 세 개 먹는 것조차도 힘겨워했던 그때를 생각하면 정말 끔찍하다. 식욕은 없었지만 아예 안 먹을 수도 없기에 억지로 입에 욱여넣어 먹으면 먹는 대로 토하는 일이 반복되었다. 그렇게 시름시름 앓다가 몸무게도 훌쩍 빠졌더랬다. 그때 약 10kg이 빠졌다.

이 증상의 원인이 약 때문일 것이라고는 생각하지 못했기에 바보같이 버티며 기우제 지내듯 낫기를 기다렸다. 그때까진 정말 체한 줄로만 알았으니까 주구장창 소화제만 먹었다. 그러던 중 이 증상이 시작된 때가 약을 먹고서부터라는 걸 깨닫고 나서야 다시 병원을 찾았다. 처음 갔던 병원이 아닌 다른 지역의 큰 대학병원으로 갔다.

의사 선생님 말에 의하면 내가 먹고 있던 자론틴이 보통은 소발작의 경우에 처방하는 약이라 나와는 안 맞는다는 것이 아닌가? 분류로 보자면 난 부분 발작이라 그 약이 맞지 않았던 것도 있지만 그뿐만이 아니었다. 용량도 평균 복용량보다 많았다. 그러니 구토와 설사 같은 부작용이 생길 수밖에. 여기서 눈치챘겠지만 자론틴이 바로 스파이의 정체다. 케프라정과 트리렙탈은 부분 발작 등의 경우에 쓰이지만 자론틴은 소발작에 주로 사용되기 때문이다. 이후 새로 처방받은 약이 바로 트리렙탈이다. 처음에 언급했듯 내가 현재까지도 꾸준히 복용하고 있는 약이기도 하다.

정확한 이름은 '트리렙탈필름코팅정'이다. 노란 타원형의 트리렙탈 300mg을 아침에 한 알, 저녁에 한 알 총 두 번 먹는다. 신기하게도 이 약을 먹으면서는 기존에 겪었던 부작용도 사라지고 다른 부작용도 없었다. 처음에는 조금 졸리나 싶었지만 나중에는 졸린 증상도 거의 없어졌다. 그제야 나에게 맞는 약을 찾았다는 사실에 안도할 수 있었다. 하지만 이미 한 번의 부작용을 겪고 난 뒤인지라 한동안은 불안을 가진 채로 학교를 다녀야 했다.

신체적으로 드러나는 것이 없을지라도 언제 또다시 부작용이 생길지 모른다는 생각은 사람을 피로하게 만든다. 실제론 효과가 없는 약을 환자에게 먹이고 그걸 긍정적으로 믿고 먹은 환자의 병세가 호전되었다는 '플라시보 효과'가 있듯, 새삼 믿음이라는 것이 참 중요하다는 생각이 든다. 불안이 지속되면 그만큼 스트레스가 쌓이게 되고 그것이 결국 몸에 독이 될 수도 있으니 말이다. 시간이 약이라는 말처럼, 다행히 새로운 약으로 바꾼 뒤의 과도기를 무사히 지나 다시 본래의 안정적인 나를 되찾을 수 있었다.

잘 맞는 약을 찾았는데 케프라는 왜 먹었냐고? 딱히 부작용이 있어 바꾼 것은 아니었다. 트리렙탈만 몇 년 먹던 중, 의사 선생님이 케프라정을 추천해 주셨다. 케프라는 탁월한 효과와 적은 부작용으로 뇌전증 환자의 3분의 1이 사용하고 있다고 한다. 그러므로 효과는 확실한 약이었다. 기억하기로 당시의 내가 약을 바꾼 가장 큰 이유는 하루에 한 알만 먹으면 되기 때문이었다. 트리렙탈은 하루에 두 번 나눠 먹어야 하다 보니 어쩌다가 한 번씩은 저녁 분을 깜빡깜빡하기도 했다. 하지만 하루에 한 알만 먹어도 된다면 더 이상 깜빡하는 일도 없어지지 않겠는가.

인간의 욕심은 끝이 없다더니, 나는 가벼운 마음으로 잘 먹고 있던 트리렙탈에서 케프라정으로 홀라당 환승했다. 다행히 별다른 부작용은 없었다. 그런데 그렇게 생각하는 사람은 나 하나밖에 없었나 보더라. 어느 날 부모님이 말하길 최근 들어 내가 예민해진 것 같다고 했다. 사람이 살다 보면 가끔 예민해질 때도 있지 않나? 그런데 생각해 보니 정말 유별나게 짜증을 내긴 했다. 딱히 예민하게 굴 이유가 없는데도 갑자기 팍 짜증이 날 때가 종종 있었다. 그것은 무어라 말로 설명하기 어려운 느낌이었다. 분명 짜증이 났지만, 왜 그런지는 스스로도 알 수 없어 아이러니하게 느껴졌다.

어머니의 생각에는 그게 케프라를 먹은 후로 생긴 부작용인 것 같다고 하셨다. 약 때문에 그럴 수도 있는 건가 의문이 들었지만 그것 말고는 설명할 별다른 이유를 찾을 수 없었다. 결국 다시 병원을 찾아가 원래 먹던 트리렙탈을 먹기로 했다. 내가 예민해진 것이 정말 약 때문이었는지 아니면 다른 이유가 있던 건지 정확히 알 수 없었지만 다시 약을 바꾼 후로 더 이상 예민하게 구는 일은 없어졌다. 부모님이 정말 좋아하셨다.

이 일로 배운 것은, 많은 사람이 먹는 약이라 해서 모두가 같을 효과를 보는 것은 아니라는 것이다. 내가 겪었듯이 말이다. 내게 잘 맞는다던 트리렙탈도 다른 누군가에게는 부작용을 일으키기도 하더라. 맞는 약을 찾는다는 건 어쩌면 긴 여정이 될지도 모른다. 나도 3가지 종류를 먹어 봤지만 이중 내게 맞는 약은 한 개밖에 없었으니까. 하지만 과학은 계속해서 발전하고 그와 함께 새로운 신약들도 개발되어 나오니 시간이 조금 걸릴지라도 분명 찾을 수 있을 것이다.

암 환자를 대상으로 웃음 치료를 하는 건 웃음이 뇌 기능과 면역력을 향상시켜주기 때문이라고 한다. 우울이란 보이지 않는 곳에서 아주 천천히 나를 좀먹는다. 그러니 힘들더라도 긍정의 마음을 가지고 웃어보자. 웃음도 치료제가 될 수 있다. 비싼 값을 지불하지 않아도 효과 있는 치료제가 말이다. 소문만복래(笑門萬福來)라는 말도 있지 않은가? 웃으면 복이 온다고 어쩌면 정말 좋은 일이 생길지도 모를 일이다. 나는 그 말의 힘을 믿는다.

　장롱에 박혀있던 두꺼운 옷들이 밖으로 나오고 점집은 문
전성시를 이루는 계절 겨울이 돌아왔다. 무당들은 이때를
성수기라고 부른다. 추워졌다는 건 연말과 새해가 성큼 다
가왔다는 뜻이기도 하고 그것이 사람들의 마음을 조바심 나
게 만든다. 그리하여 저마다 다른 희망과 소망을 품고 점집
을 찾게 되는 것이다.

　연말과 새해뿐만 아니라 새 학기 혹은 밸런타인데이와 같
은 이벤트가 있는 시기에도 점집을 찾는다. 나 또한 학생일
때부터 몇 년 전까지만 해도 타로 카드와 같은 점을 보는 걸

즐겼다. 완전히 믿지는 않았지만 점을 보고 나면 왠지 마음이 가볍다. 그건 내가 해야 할 선택을 다른 사람에게 맡겼기 때문일 것이다. 그 순간에는 즐겁고 좋지만 막상 점대로 따른 적은 별로 없다. 그리고 잊어버린다. 점대로 행동하는 게 답이 될 순 없다는 걸 마음속으로도 이미 알고 있기 때문이 아닐까?

내게 있어 점이란 오락 그 이상의 의미를 가진 적이 없다. 주위 친구들도 타로 카드나 신점 같은 것들을 보지만 맹신하며 깊이 빠지는 경우는 본 적이 없다. 하지만 점을 맹신하고 무당을 떠받드는 사람에 대한 이야기가 아주 없는 이야기는 아니다. 그들은 무슨 일이든 무당에게 찾아가 점을 통한 조언을 구한다. 자신에 대한 것뿐만 아니라 아이와 배우자에 대한 것까지 모든 개인적인 문제를 무당과 그의 신에게 맡긴다. 그 시간이 길어지면 길어질수록 마치 늪에 빠진 듯 헤어 나오기 힘들어진다. 왜냐면 믿을 수밖에 없게 됐기 때문이다. 믿지 않으면 그동안 자신이 낭비해 온 돈, 시간과 비례하는 자괴감이 밀물처럼 밀려 들어와 괴로울 테니 말이다.

그러니 고민을 점으로 해결할 수 있다고 믿기보다는 살짝 간 보며 즐기는 정도가 딱 좋다. 니체가 말한 '신은 죽었다.'의 의미를 보면 생각해 보면 왜 신적인 것에 대한 맹신을 경계해야 하는지 알 수 있다. 책『세계의 리더들은 왜 철학을 공부하는가』에서는 니체의 '내가 말하고 싶은 것은 신은 이미 죽었고, 내가 직접 그를 죽임으로써 이 세상의 모든 의미와 목적을 잃어버렸다면 잘못된 걸까?'라는 말을 인용하며 말한다. 그것은 잘못이 아니며 그렇게 해야만 우리가 종교에서 정한 도덕적 가치에서 벗어나 세상의 모든 존재의 가치에 대해 다시 평가하고 생각할 수 있게 되기 때문이라고. 옛날 마녀사냥을 하거나 고양이를 싫어하는 등의 종교적 이유로 행했던 악습과 같은 것들을 종교라는 틀에서 벗어나 생각해 볼 필요가 있다고 니체는 말하려던 것이다. 즉, 도그마를 깨트리고 스스로 생각하라는 메시지가 '신은 죽었다.'에 담겨있다.

이렇게 니체는 신의 존재 여부에 대해 따진다기보다는 신에 의존하여 스스로 생각하고 행동하는 것을 게을리하는 인간에 대해 지적한다.

그리고 또 점을 보는 사람들의 마음을 생각하다 보니 '데우스 엑스 마키나(Deus Ex Machina)'가 떠오른다. '데우스'는 라틴어로 '신'이라는 의미이며 '마키나'는 '기계 관리'라는 뜻을 가지고 있다. 이 데우스 엑스 마키나는 매우 급작스럽고 간편하게 작중 모든 문제를 해결하고 이를 정당화하는 사기 캐릭터 또는 연출 요소 등을 일컫는다. 주로 그리스 희곡에서 신앙심 고취 목적으로 자주 쓰이던 신의 등장 법이다.

놀랍게도 이 단어는 아리스토텔레스가 이러한 작중 연출을 소위 까기 위해 만든 개념이라고 한다. 어떤 어려운 상황이 발생해도 신이 등장하면 바로 해결되고 끝나다니 개연성 없고 재미없는 연극이지 않은가? 인간은 결국 스스로는 아무것도 하지 못한 채로 막을 내리는 것이다. 여기서 다시금 니체가 신을 죽이려 했던 이유를 이해할 수 있다. 신을 죽여야만 인간이 스스로 움직일 테니까.

누군가 대신 내려준 결정, 점지한 미래 같은 것은 온전히 나라고 할 수 없다. 내가 못 풀고 있던 수학 문제의 답을 친구가 대신 알려준다고 해서 내가 그 문제를 풀 수 있는 게 아니듯 말이다. 나에 대한 주도권을 무당의 신에게 맡기지 말자. 휘둘리지 않는 내가 되기 위해서는 먼저 선택한 것에 대한 책임을 스스로 지고 최선을 다하는 데에서 시작해야 한다. 거기에서부터 다른 누군가가 아닌 나만의 인생이 만들어진다. 그제야 타인의 잣대로 만들어진 행복이 아닌 진짜 나의 행복을 발견할 수 있게 된다.

혹시 '대리 바둑'이라는 말을 들어 봤는가? 아마 나와 같은 90년대생들은 아주 잘 알 것이다. 만화 〈고스트 바둑왕〉에서 주인공인 히카루에게는 비밀이 하나 있다. 그건 바로 일본 헤이안 시대에 왕에게 바둑을 가르치던 사이라는 바둑 기사의 영혼이 소년에게 붙어 대신 바둑을 두거나 도움을 준다는 것이다. 그 모습을 본 사람들이 '아~ 대리 바둑 두는 만화?'라고들 하는 것이다. 때문에 사람들은 히카루가 아닌 사이를 주인공으로 생각하기도 한다. 하지만 사이는 히카루가 진짜 바둑을 사랑하는 기사가 되어가는 도중 갑자기 사라져 나중에는 등장하지 않게 된다. 갑자기 바둑 만화 이야기를 한 이유는 누군가 대신해 주는 도움을 받기만 하고 스스로 생각하기를 멈추어서는 성장도 없고 주인공도 될 수 없다는 것이다. 히카루가 진짜 주인공으로 인정받은 순간은 사이가 사라지고 스스로 생각해 자신만의 바둑의 수(手)를 두기 시작했을 때다. 우리 또한 인생에서 자신만의 수를 만들어 나가는 것을 목표로 해야 한다.

재발?

제발!

08

이른 아침, 눈을 뜨자마자 침대 옆에 서서 나를 지켜보는 엄마가 보였다. 약을 끊고 3주째 되는 때였다. 가라앉은 분위기에 무언가 잘못되었다는 느낌이 들었다. 옆에 선 엄마는 내게 괜찮은지를 물었고 나는 당연히 이렇게 대답했다.

"괜찮은데?"

좋지도 나쁘지도 않은, 여느 날과 다르지 않은 평범한 아침이었다. 발작 순간에 대해서는 깔끔하게 잘려 나간 듯 없었다. 엄마에게 들은 바로 내 방에서 외마디 소리가 들려 달려와 보니 내가 발작을 일으킨 상태였다고 한다.

약해질 때
비로소 보이는 것들

그런 내 모습을 엄마는 아마 처음 목격했을 것이다. 얼마나 당황스러우셨을까? 그와 반대로 난 미리 예상이나 한 듯 무척이나 담담했다. '기어코 터졌어야 할 문제가 왔구나!'라는 생각이 머릿속에 떠올랐기 때문이다. 예정된 재난이 닥친 듯 말이다.

이 일이 있기 몇 주 전, 나는 부모님과 함께 대학 병원을 찾았다. 평소와 같은 정기 진료였지만 다른 것이 있다면 의사 선생님의 제안이었다. 뇌전증 약을 먹기 시작한 지 오래되었으니 끊어보지 않겠느냐는 말에 부모님은 기뻐했다. 확실히 약을 먹은 후로는 한 번도 발작을 일으키지 않았기에 할 수 있는 말이었으나, 나는 찜찜함을 떨쳐낼 수 없었다.
'아직은 아닌 것 같아요….'라는 말을 속으로 삼켰다.
좋은 분위기에 굳이 찬물을 끼얹고 싶지는 않았다.

내 병의 가장 큰 원인이 스트레스였던 만큼 다시 스트레스가 있는 곳으로 출근해야 했던 난 자신할 수 없었던 것이다. 약을 끊을 수 있다던 의사의 말을 떠올리면서도 상사와의 트러블로 힘들고 불안했다. 이후 얼마 되지 않아 이른 아침, 항상 일어나던 출근 시간에 발작을 일으켰다. 출근하기 싫어서인지 왜인지 모르겠지만, 직장에서 그런 일이 생기지 않은 것만으로도 내겐 천만다행이었다. 만약 그랬다면 그걸로 상사가 얼마나 나를 갈궜을지… 상상만 해도 끔찍하다.

어찌 되었든 그게 이른 아침부터 내 방에서 엄마가 나를 주무르고 있던 이유였다. 그렇게 나는 다시 약을 먹기 시작했다. 그렇다고 해서 어떤 좌절감을 느끼거나 하지는 않았다. 부모님은 이 일로 조금 실망했을지도 모르지만. 아직은 때가 아니었을 뿐이다. 약을 먹으며 산다고 해서 나쁜 삶은 아니다.

노을 지는 다리 위, 얼굴을 감싸 쥐고 비명을 지르는 사람, 에드바르트 뭉크의 〈절규〉라는 작품이다. 절규라는 제목답게 엄청난 좌절과 공포가 느껴진다. 그래서 뭉크라는 작가도 그런 사람인 줄 알았다. 그의 또 다른 작품인 〈태양〉을 알기 전까지는 말이다.

해가 지는 배경의 〈절규〉와 달리 〈태양〉은 눈이 부시게 떠오르는 태양이 주인공이다. 그래서일까? 희망이 넘쳐흐르는 것만 같다. 밝은 색채에 절망이라고는 눈 씻고 찾아봐도 없다. 두 작품을 나란히 두고 보며 그런 생각이 들었다.

'절망하는 날 태양이 지더라도 다음날 다시 뜨는 태양을 보며 우리는 희망을 얻는구나.'

뭉크라는 이름은 때때로 〈절규〉의 제목으로 오해받기도 했지만, 뭉크는 절규 그 자체가 아니었다. 뭉크는 사람들에게 희망도 같이 보여준 작가였다. 그의 삶처럼 말이다. 누구나 그렇듯, 나 또한 힘들다고 느끼는 순간들이 몇 번이나 있었다. 하지만 그럼에도 괜찮을 수 있었던 건, 그 어려움 또한 지나갈 것이라는 것과 희망은 사라지는 것이 아니라는 걸 알기 때문이었다.

첫 시도 이후로 또 많은 시간이 흘렀지만 나는 완치를 포기하지 않았다. 그 증거라고 말하기 뭐 하지만 운동도 계속

하고 있고 음식도 건강하게 먹는 편이다. 나는 서두르지 않기로 했을 뿐이다. 조급함이 얼마나 안 좋은 것인지 아팠을 때 이미 뼈저리게 느꼈으니까. 조급함은 늘 부작용을 낳았다. 지금 상황이 어렵다고 해서 미래의 불행까지 미리 끌어안지 말자. 충분한 시간을 가지면 괜찮아질 거야.

뇌전증 진단을 받은 2016년도부터 지금까지 꾸준히 검사와 진료를 받고 있다. 통상적인 진료로 특별할 것도 없다. 그런데 지난겨울 병원에 갔던 날 일기가 노트 한 장을 다 채우고도 넘는 게 특이해 다시 읽고 무릎을 쳤다. 이걸 왜 잊고 있었지?

24년 10월 28일 월요일이었다. 3개월에서 6개월에 한 번 하던 진료 간격은 점점 늘어나 이제는 1년에 한 번 하고 있다. 특별한 건 없고 의사 선생님께 눈도장을 찍고 매일 먹을 약을 지어올 뿐이다 보니 병원 가는 날이라 하면 이제는 나들이 가는 기분이다. 바로 며칠 전에 월급도 탔겠다, 요놈의 돈을 어떻게 쓸까 하는 생각만 가득했다. 진료실에 들어서자 익숙한 중년을 넘어가는 의사 선생님이 우리를 맞이해 주신다. 1년 만에 뵙는 선생님의 모습은 왜인지 야위어 보였다. 간단한 인사와 함께 늘 하던 말을 똑같이 내뱉었다. 그런데 진료실에 같이 들어온 어머니가 참지 못하고 걱정 어린 목소리로 물었다.

"선생님 살이 많이 빠지셨네요."

"아, 쓸개에 있던 담석을 제거하는 수술을 했더니 4kg이 빠지더군요."

길다면 길고 짧다면 짧은 1년이라는 시간 동안 선생님에게도 많은 일이 있었다. 병이라는 건 그런 녀석이다. 언제 어떻게 우리 일상에 등장할지 예측할 수가 없다. 선생님은 덧붙여 말씀하셨다.

"저도 사람이니까요. 사람 인생이 사는 게 다 그렇지 않습니까. 그래도 좋아질 거예요."

그 말에 긍정하듯 우리는 조용히 고개를 끄덕였다.

"그러니까 환자분도 나을 겁니다."

"네…."

대화를 나누던 순간 진료실 공간만 시간이 느리게 흘러가는 것 같았다. 병원을 나서고 세 마리에 2천 원짜리 붕어빵을 사 먹으면서도 그 말이 계속 머릿속에 맴돌았다. 반쪽이 되어버린 선생님에게 날카로움은 없었다, 오히려 더 부드럽고 평온해 보였다. 병을 치료하는 의사이지만 수술을 받은 그는 앞으로 더 좋아질 것이라 확신했다. 그건 의사로서 하는 말이라기보다 먼저 어른 된 사람으로서 하는 말로 들렸다.

책『모든 삶은 흐른다』에서 읽은 한 문장이 떠올랐다. '평온함은 나약함이 아닌 자신감이다'라는 말과 선생님의 모습이 겹쳐 보였기 때문이었다. 나를 흔드는 것들로부터 스스로를 지키고 평온함을 유지할 수 있다는 건 그만큼 내면이 강하기 때문이다. 주변만 둘러봐도 알 수 있다. 조급한 마음에 말이 빨라지고 소리치고 실수하는 모습 말이다. 그 속에서 평온함을 유지하는 사람은 눈에 띄지 않는다. 그는 조용히 남을 배려하고 있다. 그래서 알아차리기 어렵지만 눈치 채고 나면 그의 주위로 사람들이 모여들어 있는 것을 볼 수 있다.

평온한 마음을 가지려 무언가를 더할 필요는 없다. 버리면 된다. 빨리, 완벽하고 완전하게, 남들과 똑같아야 한다는 욕심과 걱정, 그런 것들이 마음을 무겁게 만드는 것이다. 우리는 가벼울 필요가 있다. 인생은 단거리 달리기가 아니라 일종의 마라톤이니까. 선생님도 담석을 제거하며 마음에서 무언가를 함께 덜어낸 게 아닐까? 덜어낸 마음에는 여유 공간이라는 게 생기는 데 거기에 미래를 그려내는 것이다. 미래를 그릴 수 있는 삶은 건강하다.

처음 뇌전증을 진단받고 다시 건강해졌다고 느꼈던 순간이 그러했다. 온전히 나를 바라보며 건강을 최우선 순위에 두자 그 외의 것들은 더 이상 나를 흔들지 못했고 두렵지 않았다. 떠오르는 태양을 보고 새 희망이 차오르듯 미래를 다시 기대할 수 있게 된 것이다. 처음에는 눈앞이 캄캄했다.

**약해질 때
비로소 보이는 것들**

그런데 막상 내려놓고 보니 아무 일도 없었다는 듯 고요하다. 내가 욕심내던 것들이 실은 그다지 내게 필요한 게 아니었다는 사실이 신기하게 느껴졌다. 사람 생각이 어떻게 한 순간에 이렇게 달라질 수 있나 싶다가도 사람이니까 그럴 수도 있지 싶다.

햇수로 10년이 넘어가지만 아직 완치되지는 않았다. 그 중간에는 약을 잠깐 끊었다가 다시 재발하기도 했다. 그럼에도 조급한 마음은 들지 않는다. 더 좋아질 것이라는 확신을 준 선생님의 말처럼 삶을 더 긍정할 뿐이다. 봄이 되면 볼품없어 보이던 마른 가지에도 새순이 돋아나고 마침내 아름다운 벚꽃을 피워낸다. 그리고 아주 잠깐 세상을 분홍빛으로 물들이고는 언제 그랬냐는 듯 다음을 기약하며 퇴장한다. 만남은 짧고 기다림은 길디길다. 하지만 이 기다림의 시간이 나는 지루하게 느껴지지 않는다. 그저 더 긴 설렘을 느끼고 있을 뿐이다.

제2장
회사에서 살아남기

또다시 돌아온 추운 겨울의 끝 무렵, 대학을 졸업하고서 빵 가게에서 아르바이트를 시작했다. 포장 박스를 미리 접어두거나 계란 노른자와 흰자를 분리하고 계산하는 것이 주된 나의 업무였다. 거기에 아이스크림 기계가 새로 들어와 완벽한 소프트아이스크림을 만들기라는 업무도 추가되어 나름 분주한 나날을 보내고 있었다.

그러던 어느 날 부모님의 지인으로부터 그분이 다니고 있던 직장에서 사무보조 아르바이트를 뽑는다는 소식을 듣게 되었다. 이전에도 한번 이력서를 넣어보라는 제안을 받은 적이 있지만, 내가 할 수 있을지 자신이 없어 바로 거절했던 일이었다. 아직 학생이었을 때다 보니 회사라는 곳이 너무 크게 느껴졌었다, 그럴 필요도 없는데 말이다.

다행히 이번에는 쫄지 않았다. 짧은 망설임 후 곧바로 지원하겠다고 말했다. 나는 안 해서 좋은 것보다 하지 않음으로 하는 후회가 더 클 것 같다면 무조건 '한다!'에 거는 편이다. 아무래도 취업에 대한 고민이 계속 있다 보니 살짝 간 보기에도 딱인데 안 할 이유가 없지. 그럼에도 긴장이 안 되는 것은 아닌지라 스스로 '나는 할 수 있다!'라고 자기 암시를 계속 걸었다.

이력서를 넣고 입사의 통과의례인 건강검진만이 남았을 때였다. 소개해 주셨던 분이 내가 뇌전증이 있다는 걸 아셨는데 건강검진을 받을 때 내 병에 관련된 이야기는 일절 하지 말라 신신당부해 주셨다. 병이 있다고 썼다가는 바로 떨어진다고 말이다. 사무보조라고는 하나 일 년에 한두 번, 일손이 부족한 시기에만 구하는 단기 아르바이트라 어지간하면 떨어질 가능성은 없는 일이었다.

하지만 나의 경우 '어지간하다'에 속하지 않았던 모양이다. '병 하나쯤 있다 해도 문제 될 것 없지 않나?'라는 건 지금 생각해도 순진한 생각이었다. 건강검진 중 나는 말해버리고 만 것이다.

"먹고 있는 약이 있기는 한데, 용량도 적고 완치나 다름없어요."

도대체 왜 그랬지? 결론부터 말하자면 떨어질 뻔했다. 왜 떨어지지 않았냐면 소개해 주셨던 분이 나의 건강검진 결과를 보고 다시 연락 주신 덕분이었다. 아픈 곳일랑 아무 데도 없다 말하고 나서야 나는 통과할 수 있었다. 그분은 나중에 다른 곳에 입사 지원할 때도 나았든, 현재진행형이든 병에 관한 이야기는 절대 하는 게 아니라는 현실적인 조언을 해 주었다. 일을 하려면 내 병의 정도에 상관없이 무조건 숨겨야 한다는 것이 못내 서러워 물었다.

"몇 년 동안 발작 한 번 한적 없고 완치에 가까운데, 그래도 안 되는 건가요?"

　돌아온 대답은 '안 된다.'였다. 일을 하는 데 지장이 없다 하더라도 일단 병이 있다는 사실 만으로 제일 먼저 걸러지는 게 취업 시스템이라고 했다. 적지 않은 충격을 받았다. 그동안 주변에서 이런 이야기를 들어 본 적이 없었으니까. 먹는 약이 있는지 묻는 물음은 칼을 들이밀고 나를 자를 것인지 말 것인지 묻는 것과 같다. 병, 그게 뭐라고 나를 이렇게 작아지게 만드는지.

　병원에서 두 번째 신체검사를 받고 집으로 돌아온 뒤, 침대에 누워 조용히 두 눈을 감았다. 감춰야 한다던 그 말이 머릿속에 메아리쳤다. 그날 밤은 내가 처음 뇌전증을 진단받았던 날과 비슷했다. 잠들기 어려운 밤이었다. 병을 가진 사람을 뽑지 않겠다는 건 기업의 입장에서는 당연한 것이리라, 그렇게 생각하면서도 또 한편으로는 일에 지장을 주거나 남에게 폐를 끼치는 것도 아닌데 이해해 주지 않는 세상이 야속하게 느껴졌다.

약해질 때
비로소 보이는 것들

며칠 뒤 사무실로 첫 출근을 했다. 늘 과제용으로만 쓰던 프로그램으로 하는 서류 업무는 걱정했던 것보다 어렵지 않았고, 사람들과도 잘 어울려 다니며 마지막까지 무탈한 나날을 보냈다. 평화로운 근무 기간은 내게는 일종의 증명 과정이었다. 뇌전증이 있어도 평범하게 일할 수 있다고 말이다.

뇌전증 진단 당시에는 아픈 내가 무슨 일을 할 수 있을까나 스스로도 믿지 못했던 시간이 있었다. 나는 아프니까, 그 말은 스스로 거는 저주였다. 병보다 더 무서운 저주. 하지만 시간이 지남에 따라 점차 증상도 줄어 없어지고, 이전보다 더 건강한 생활을 하며 다시 나에 대한 믿음을 회복할 수 있었다. 더 이상 '나는 할 수 없는 사람'이 아닌, '무엇이든 할 수 있는 사람'이 되었다. 비록 누군가 나를 지켜보고 있던 건 아니지만, 스스로 1인분을 해냈음에 뿌듯했다.

찰리 채플린의 영화 〈모던 타임즈〉 속 공장장은 노동자들을 기계가 돌아가기 위한 부속품 따위로 생각하고 감시하며 명령을 내린다. 그리고 찰리는 기계 속으로 빨려 들어가 진짜 부속품 그 자체가 된다. 어쩌면 그런 모습이 낯설게 느껴지지 않는 것은 아직 우리 사회에 그런 모습이 남아 있기 때문이지 않을까? 영화의 도입부에 이런 자막이 나온다. '이 것은 공업화되어 가는 각박한 사회 속에서 행복을 찾으려 노력하는 사람들의 이야기이다.' 나는 이미 부속품으로서는 결함이 있을지도 모른다. 하지만 그것과 상관없이 그럼에도 굴하지 않는 나만의 가치와 행복을 찾아나가고 싶다. 본연의 나로 행복할 것이다. 계속해서 글을 쓰다 보면 그 해답을 찾을 수 있을 것만 같다.

"이렇게 열심히 사는 게 무슨 소용이 있죠?"
"웃어요. 우는 게 무슨 소용이 있나요?"

– 〈모던 타임즈〉, 1936

약해질 때
비로소 보이는 것들

아르바이트나 직장 생활을 하다 보면 내 의지와는 상관없이 참여할 수밖에 없는 것이 있다. 바로 회식이다. 직장인들이라면 알 것이다. 이 '회식'이라는 단어가 얼마나 무시무시한 것인지를. 평소 자주 먹지 못하던 음식을 실컷 먹는 게 좋을 수도 있지만, 어색하고 불편한 사람들과 그것을 먹는다면? 과연 그래도 좋을 수 있을까. 그 외에도 나에게는 회식이 고역일 수밖에 없는 이유가 있다. 이미 눈치챘겠지만 회식이라 함은 곧 술 아니겠는가? 내가 힘들었던 이유는 이놈의 술 때문이었다.

나는 여러 다양한 아르바이트를 해보았지만 오랫동안 머물렀던 직장은 병원이었다. 병원에서 접수일을 2년 반하는 동안 회식도 적지 않게 가졌었다. 보통 신입에 나이가 어리다면 술을 거부하기 가장 어려운 위치다. 하지만 입사하고 있던 첫 회식 날, '술 마시죠?'라는 질문에 나는 용기 내어 말했다.

"저는 먹고 있는 약이 있어서 술을 못 마셔요. 죄송합니다."

어쨌든 권유를 거절하는 입장인지라 예의상 죄송하다는 말도 덧붙였다. 어떤 반응이 나왔을 것 같은가? '어디 상사가 술을 권하는데 거부해!'라는 일은 다행히 없었다. 하지만 모두가 술을 마시는 가운데 유일하게 마시지 않던 내 모습은 관심을 끌기에 충분했다. 무슨 약을 먹는지, 한약인지 묻는 것부터 종교 때문에 안 마시는 것 아니냐는 등 질문 폭격을 맞은 것이다. 그러면 나는 쩔쩔매며 '한약은 아니고 그냥 꾸준히 먹는 약이 있다, 종교 때문은 아니다.'라며 일일이 대답해 주어야 했다. 그럼에도 이 말을 듣는 건 어딜 가

나 똑같았다.

"에이 한번 마셔봐! 마시면 늘게 돼 있어~"

그놈의 '마시면 늘게 된다.'는 어느 직장 회식에서나 빠지지 않고 꼭 듣는 말이다. 중년 나이의 분들뿐만 아니라 2~30대 직장 동료에게서도 들어보았다. 난감한 듯 웃으며 손을 양쪽으로 흔드는 건 이제 자동차 와이퍼처럼 자동이다.

초반에 술을 못 마신다고 고백하고 나면 다음 회식 때는 편하겠지 생각한다면 그것도 오산이다. 왜냐하면 회식 때가 다시 돌아오면 영화 〈맨 인 블랙〉에 나오는 기억 제거 장치 뉴럴라이저로 기억을 제거한 듯 똑같은 상황이 반복되기 때문이다. 연차가 쌓이면 좀 낫지 않겠냐고?

"이제는 먹을 때 안 됐나?"

실제로 들었던 말이다. 그들은 마치 내가 오기를 부리고 있기라도 한 마냥 말했다. 어떤 때는 '젊을 때 마셔야지 약한 거 사다 줄게'라며 어떻게든 술을 마시게 하려고 한 적도 있었다. 사람들은 몸이 안 좋아 약을 먹고 있다는 내 말을 믿지 않는 눈치였다. 그런 경우에도 너무 억울하지만 그저 했던 말 또 하고 또 하는 것 외엔 다른 방도가 없다. 그렇게 몇 년을 눈칫밥이 아닌 눈치 사이다를 홀짝여야 했다.

그럴 때마다 드는 생각은 내가 그들과는 아예 다른 종이 되어버린 것 같다는 것이었다. 그들은 술을 마시는 인종, 나는 술을 못 마시는 인종. 그들은 내게 아무렇지 않게 묻는다. '술 안 마시면 무슨 재미로 살아?'라고. 그들에게 술을 마신다는 것은 너무 당연해서 못 마시는 나 같은 사람을 보면 마치 외계인이라도 발견한 듯 놀란 눈으로 쳐다본다. 술을 안 마시면 인생이 재미없을 거라 생각하는데, 보시다시피 나는 술을 마시지 않지만 아주 즐겁게 잘 살고 있다.

뇌 질환이라면 당연하지만 뇌전증도 술과 담배는 금지시킨다. 알코올은 아시다시피 건강, 특히 간과 뇌에 좋지 않기로 유명하다. 뉴스에 의하면 기존 중장년층에서 많이 발생하던 통풍이 현재는 젊은 2~30대에서도 약 19%의 비율로

**약해질 때
비로소 보이는 것들**

많이 나타나고 있는데, 그 원인을 식습관의 변화로 꼽았다. 고기, 회, 맥주와 같은 육류와 술 위주의 식사가 늘어났기 때문이다.

술을 가끔 즐기는 것은 기분 전환이 되고 좋을 수 있으나, 굳이 마시지 않겠다는 사람에게까지 억지로 강요하지는 않았으면 좋겠다. 나는 모두에게 술을 마시지 말라 말하려는 것이 아니다. 단지 술이 좋은 것이라며 억지로 먹이려 권하는 행위를 멈춰주었으면 하는 바람에 말하는 것일 뿐이다. 이 이야기가 불편할 수도 있겠지만 누군가는 술을 마시려면 생명과 건강을 담보로 내놓아야 한다는 것을 알아주었으면 한다.

우리나라는 유난히 술에 관대하다. 음주를 한 상태에서 운전을 하거나 폭행을 하면 감형을 받는 사례가 있듯 사회적인 분위기가 술을 용인해 준다. 술을 의리의 상징으로 생각해 같이 술자리를 가져야지만 진짜 친해진다고 생각하는 사람들도 있다. 뇌전증이 생기기 이전에도 술을 즐겨 마시는 편은 아니었지만 나는 이제 술보다는 커피를 더 좋아한다. 상대방과 친하게 지내고 싶은 거라면 그가 좋아하는 것을 함께 해 보기를 바란다. 술 마시는 것을 제외하더라도 세상에는 생각보다 재미있는 것들이 많다는 것을 알게 될 테니까.

고등학생 때 집에 생긴 러닝머신은 다이어트에 대한 나의 열의를 고무시켜 주었지만 오래가지 않아 소문의 비싼 옷걸이 신세가 되었다. 러닝머신은 운동을 처음 시작할 때 쉽게 접근할 수 있는 기구였지만 나에게는 어렵게 느껴졌다. 뛸수록 몸이 무거워지는 데다 설정한 속도에 맞춰 조심히 달려야 한다는 게 틀에 갇힌 듯 답답하게 느껴졌더랬다. 그러니까 한마디로 재미가 없었다. 운동을 하는데 무슨 재미를 찾나 생각할 수도 있지만 나는 재미를 느끼지 못하는 일엔 인내심과 끈기가 없어 오래가질 못한다. 때문에 재미라는 요소는 내게 중요한 것이었다.

그런 내가 무려 4년이라는 긴 시간 동안 꾸준히 운동을 했다. 처음 녀석을 만난 건 2019년, 아직 추위가 한창인 2월쯤이었다. 늘 무릎이 아프다는 말을 달고 사시는 어머니를 위해 아버지가 큰맘 먹고 실내 자전거를 구입하셨다. 그냥 자전거는 알지만 실내에서 탈 수 있는 자전거가 있다는 걸 나는 이때 처음 알았다.

제자리를 달리는 자전거가 신기했던 난 곧바로 안장에 올라탔다. 페달을 돌리자 제법 묵직하니 힘들었지만 러닝머신보다 더 달린다는 실감이 났다. 운동에서 처음으로 재미를 느낀 순간이었다. 원래라면 주인인 어머니가 타지 않아 옷걸이가 될 뻔한 실내 자전거의 운명을 내가 바꾸었다. 그리고 실내 자전거는 운동하지 않던 내 삶을 바꾸었다.

서너 달에 한 번씩 병원 진료를 받는데 어느 날은 종합검사를 받았다. 놀랍게도 콜레스테롤 수치가 평균보다 훨씬 높다는 결과가 나왔다. 나는 패스트푸드를 즐겨 먹지 않는데도 말이다. 내가 뇌전증을 진단받았을 때 의사 선생님이 운동을 권장하셨었는데 이제는 마냥 흘려들을 수 없게 되었다. 선생님은 또다시 내게 말했다. 꾸준한 운동을 해야 건강을 지킬 수 있다고. 그런데 이번에는 디테일하게 콕 집어서 말해주셨다.

"요가보다는 땀을 많이 흘릴 수 있는 운동을 하세요."

나에게 필요한 건 요가나 필라테스 같은 정적인 운동이 아닌 땀을 많이 흘리는 운동이었다. 그래서 체력과 건강을 위해서라도 운동을 해야겠다고 생각하던 찰나에 실내 자전거를 만나게 된 것이 어찌나 다행인지 모른다. 웬디 우드 저서인 『해빗』에서 말하길 습관을 만드는 건 불굴의 의지가 아닌 장소, 도구, 사람, 시간, 행동 등 모든 것이 상황과 결합될 때 만들어지는 것이라고 했다. 이때가 나에게는 적기였던 것이다. 이 말처럼 나도 큰 힘을 들이지 않고 운동을 습관화할 수 있었다. 서른이 되어 운동하는 사람이 많아지는 것도 이런 이유이지 않을까?

운동을 자연스럽게 받아들인 데에는 병원에서 접수 일을

했던 것도 한몫했다. 전엔 운동을 다이어트를 위한 수단 정도로만 생각했던 것 같다. 그러다 남녀노소 상관없이 치료와 운동을 병행하는 환자분들을 보며 운동은 건강하기 위해 하는 것이라는 생각이 커졌다. 나이 육, 칠십에 실내 자전거 타기가 힘들 법도 한데 도중에 그만두는 일은 없었다. 느리더라도 결국 해야 할 할당량을 채워내셨다. 그 모습을 보며 사지 멀쩡하면서도 힘들다고 운동하지 않던 나 자신이 부끄러워졌더랬다. 만약 운동을 체중감량을 위한 것으로만 생각했더라면 나는 금방 질려 그만둬 버렸을지도 모른다.

늦바람이 무섭다고 운동에 재미를 붙인 난 일주일에 일곱 번을 내리 운동한 적도 있다. 퇴근하고 집에 오면 6시 반이다 보니 밥 먹고 1시간 운동이라는 루틴이 자연스레 자리 잡았다. 운동 후 씻고 침대에 누울 때 느끼는 개운함은 나를 운동에 더 중독되게 만들었다. 회식 때는 어떻게 했냐고? 저녁 11시든 몇 시든 지 간에 끝나는 대로 집에 돌아와 캄캄한 거실에서 땀을 뻘뻘 흘리며 페달을 밟았다.

그렇게 계속 운동하던 중 몸무게를 재보았는데 첫 달에

1kg이 빠졌다. 따로 음식을 조절한 것도 아니었기에 별로 실망하지는 않았다. 그리고 한 달 뒤 또 재보니 2kg이 빠졌다. 그 뒤로도 한 달에 약 1kg씩 빠져 최종적으로 약 7kg이 빠졌다. 식단 없이 순수 운동만으로 이뤄낸 쾌거였다. 건강을 위해 시작한 운동에 다이어트의 효과라니 그야말로 도랑 치고 가재 잡은 셈이다.

아래는 내가 운동을 지속하는 데 도움이 되었던 나만의 꿀팁이다.

1. 메모 어플에 운동하는 시간과 종목, 날짜를 기록한다.
2. 운동을 하면서 동시에 내가 좋아하는 걸 한다.

이 별거 아닌 것 같은 2가지로 나는 4년 동안 지치지 않고 운동할 수 있었다. 간단하다, 먼저 네이버 메모든 메모 어플을 휴대폰에 다운로드한다. 그리고 메모장에 '운동'이라는 이름의 카테고리를 따로 만들고 운동을 시작하기 직전에 시간을 적는다. 운동이 끝나면 시작한 시간 뒤에 끝난 시간을 적고 어떤 운동을 했는지도 함께 기입한다. 운동한 날

짜는 자동으로 기록되기 때문에 여기까지만 하면 된다. 이 메모의 힘은 쓰자마자 즉각적으로 나타나는 것이 아니다. 한 달, 두 달 뒤에 운동 카테고리를 열어 꾸준히 운동한 기록을 보면 나 자신을 좀 더 믿게 되고 없던 의욕도 생겨난다. 기록은 나를 위한 증거가 되어준다.

두 번째는 운동을 하며 좋아하는 영상을 시청하는 것이다. 실내 자전거는 휴대폰 보기에 매우 적합한 운동이라 할 수 있다. 러닝머신을 할 때도 보면서 운동할 수 있기는 하지만 몸이 많이 흔들려 화면을 보기가 힘들다. 그에 반해 실내 자전거는 균형 유지를 위해 손잡이를 잡고 타기 때문에 운동이 됨과 동시에 무언가를 보기 좋다. '그렇게 해서 운동이 돼?'라고 의심이 들 수 있으나 영상에 빠져 다리를 멈추지 않는 이상 효과는 있다.

나의 경우에는 이 시간을 활용해 미뤄둔 자기 계발 영상이나 아이돌 영상을 시청했다. 보고 싶은 영상도 일부러 참았다가 이때 몰아보다 보니 운동하는 시간이 기다려지기까지 했다. 말하자면 이 전략은 운동을 하면서 운동을 생각하지 않는 것이 핵심이다.

우리는 운동을 시작하기 전뿐만 아니라 그 이후에도 계속 시험에 든다. 그럴 땐 나의 의지를 믿는 게 아닌 내가 해온 노력의 흔적과 좋아하는 것들을 믿어보자. 나도 나의 의지력보다 내가 좋아하는 아이돌들을 믿었다. 그들이 내게 운동할 힘을 줄 것이라고 말이다. 당장은 땀에 젖고 다리가 저린 그 과정이 괴롭게 느껴질지라도, 그 뒤에 운동이 가져다주는 즐거움이 복리처럼 쌓여 돌아올 것이다.

서너 달에 한 번 있는 정기 진료가 다가오던 때였다. 이 시기가 되면 초조해지기 시작한다. 내가 일하던 곳에서는 연차, 반차라는 개념이 존재하지 않았는데, 만약 일이 생기면 그때그때 이야기하고 쉬는 게 다였다. 누구도 '연차 써요.'라고 말하지 않았다.

직원 수가 적다 보니 한 명이 없으면 다른 사람들이 그 사람의 일을 나눠서 해야 했다. 그러니 누구든 하루라도 빠지면 눈치를 볼 수밖에. 그렇다고 하더라도 병원 진료를 가지 않을 수도 없다. 먼저 사장님께 이야기하고 난 뒤 다른 분들

약해질 때
비로소 보이는 것들

에게도 병원에 다녀온다는 이야기를 전했다.

"그래? 그럼 가야지."

사장님은 늘 흔쾌히 다녀오라고 말하셨지만 같이 일하는 직원들에게 말하는 것은 꽤 어렵다. 달에 한 번도 아닌 몇 달에 한 번 빠지는 것에도 사람들은 '또?'라는 반응이다. 평소에는 같이 먹을 것도 나눠 먹고 이야기하는 직장 동료 사이이지만 이런 상황에서 예민해지는 건 어쩔 수 없는가 보다. 그러면 괜히 눈치가 보여 예쁘게 봐달라는 의미의 간식을 드리기도 했다. 왜 그렇게까지 하느냐고 묻는다면 그래도 계속 같이 일할 사람들이라 생각했기 때문이다.

여기까지만 해도 조금 피곤하기는 하지만 나름 순조로운 편이다. 병원 진료를 보러 가기 위해 통과해야 할 가장 어려운 과장님이었다. 모두 그를 어려워하지만 나는 해야 할 말은 하는 편이라 그를 피하는 일은 없었다. 하지만 그런 나조차 정말 피할 수만 있다면 피하고 싶은 때가 있는데, 그게 연차 아닌 연차를 쓸 때였다. '똑똑똑―' 사무실 문을 두드리고 들어간 난 미리 연습했던 대로 병원 볼일이 있어 하루 쉬어야 할 것 같다고 이야기했다. 나를 흘긋 쳐다본 그는 알겠다는 말과 함께 의외로 쉽게 고개를 끄덕였다. 그리고 덧붙여 말했다.

"다녀와서 결과 보고하세요."

결과 보고? 1년 넘도록 일하면서 해본 적 없는 것이었다. 그는 내가 쉴 때면 늘 집요하리만치 내 병명을 물어왔었다. 처음에는 가볍게 궁금해서 물어보는구나 싶었다. 하지만 난 직장에서 내 병을 오픈하고 싶지 않았기에 정기적으로 하는 검진이라 얼버무려왔고 이번에도 그러했다. 그런데 단순한 호기심이 아니었나 보다.

병원에 다녀온 다음 날 예상치 못한 일이 일어났다. 문을 벌컥 열고 나온 과장님이 나를 불렀다. 이때까지만 해도 난 여태 해온 것처럼 인사드리면 될 것이라 생각하고 있었다. 의자에 앉기 전까지는 말이다.

"앉아요."

금방 말하고 나갈 생각이었던 난 지금 상황이 당황스러웠다. 개인적인 사정으로 쉰 일을 결과 보고까지 해야 하나 생각하기도 했지만 그래도 내가 없음으로써 불편했을 수 있으니 가볍게 다녀온 보고를 했다. 하지만 그가 바란 건 따로 있었다. 곧이어 심문이 시작됐다.

"어디가 아픈 거예요?"

"예전에 몸이 안 좋았던 적이 있어서 정기적으로 검사와 진료만 받습니다."

"병명이 뭡니까?"

"… 그건 말씀드리기 어렵습니다."

"그냥 무슨 병인지 물어보는 것도 안 됩니까?"

"죄송합니다. 그건 개인적인 부분이라 말씀드리기 어렵습니다."

나를 내려다보던 눈빛이 점점 매섭게 변해갔다. 미간에 잔뜩 힘을 준 그가 말했다.

"어디가 그렇게 아파? 아프다고 쉬면서 주변에 민폐나 끼칠 거면 일하면 안 되지! 그럴 거면 일 그만두고 요양이

나 해!"

쏟아지는 폭언에 입을 꾹 다물었다. 그렇지 않으면 금방이라도 눈물이 터질 것 같았기 때문이다. 그 앞에서만큼은 울고 싶지 않았다. 얕보이고 싶지 않았으니까. 하지만 점점 높아지는 언성에 결국 눈물이 터졌고, 나는 뇌 질환이라는 사실도 말할 수밖에 없었다. 그래도 뇌전증이라는 것만은 끝내 밝히지 않았다. 부당함에 굴하지 않겠다는 내 마지막 자존심이었다.

나의 대답이 썩 마음에 들었는지 그는 바짝 당겼던 상체를 다시 꼿꼿이 세웠다. 그러고는 무슨 일이 있었냐는 듯 다시 차분한 투로 설교를 이어갔다. 반박하고 싶은 것들 투성이었지만 '네'라는 말밖에 할 수 없었다. 그렇게 하지 않으면 이 대화가 언제 끝날지 모르기 때문이다. 이제 막 배를 채운 듯 만족스러운 표정의 그를 뒤로하고 방을 나온 난 곧바로 탈의실로 달려갔다. 탈의실 구석의 벽을 마주 보고 앉아 입을 틀어막았다. 그제야 참았던 눈물을 모두 쏟아낼 수 있었다.

머릿속으로 만감이 교차하며 충격에서 쉽게 벗어나지 못했다. 상사라는 지위를 이용해 개인적인 사항을 말하도록 강요하다니, 있을 수 없는 일이었다. 나는 이미 몇 번이나 대답하기를 거부했지만, 그러면 그럴수록 돌아오는 것은 더 강압적인 태도뿐이었다. 목소리가 크다고 이기는 건 아니지만 결국 나는 졌다는 기분과 함께 치욕을 느꼈다.

이대로 내가 직장을 그만둔다면 정말 그가 원하는 대로 되는 것이리라. 그렇게 생각한 난 마음을 다잡고 아무렇지 않은 척 다시 일에 집중했다. 그렇다고 정말 아무렇지 않은 건 아니었다, 말 그대로 정말 척을 할 뿐이었다. 그 일이 있고 난 뒤로 그와 같은 공간에 가까이 있기만 해도 숨이 턱턱 막히고 심장이 쿵쾅거렸다. 며칠은 손이 떨렸다. 그와 이야기를 해야 될 때면 마주 보는 것조차 힘들어 눈이 아닌 미간이나 인중을 쳐다보며 대화해야만 했다.

고대 로마의 시인 유베날리스가 말했다. '건강한 육체에 건전한 정신이 깃든다.'라고. 누군가는 이 말을 육체가 건강해야 정신도 건강할 수 있다고 받아들이기도 한다. 하지만 그건 틀렸다. 왜냐하면 이 명언은 사실 건강한 육체의 중요성을 강조하려던 게 아니기 때문이다. 유베날리스는 당시 사회를 풍자하는 시를 많이 쓰기로 유명했다고 한다. 원문의 맥락에서 보면 검투장의 검투사들과 시민들에게 건강한 몸을 가진 것만큼이나 정신도 올바르고 건강하기를 바라며 한 말이었다. 하지만 주객전도되어 본래의 의미와 전혀 다르게 알려진 것이다.

건강한 육체를 가졌다고 해서 정신까지 무조건 건강한 사람이라 할 수는 없다. 육체보다 정신적 올바름이 먼저다. 그런 의미에서 나에게 폭언을 퍼부었던 그는 건강하지 않았다고 생각한다.

병이 있으므로 받게 되는 상처들이 있다. 하지만 그건 병의 문제라기보다는 그것을 대하는 사람의 문제다. 태도에서 더 나아가 분위기에서 움츠러들 수밖에 없게 만드는 것이다. 사람은 누구나 병에 걸릴 수 있다. 그리고 만성이 되어 완치하기 어려운 경우도 있다. 그럴 때도 완전한 건강을 최고의 가치라 말한다면 누군가는 좌절할 수밖에 없다. 건강 그 위에 더 중요한 가치가 있다는 걸 잊지 말아야 한다. 비록 육체가 건강하지 못하더라도 그보다 더 가치 있는 건강함을 가진 사람이 되는 것만으로 충분하다고 말해주고 싶다.

겪었던 일들을 글의 형태로 옮기다 보면 당시의 감정이 울컥 올라올 때가 있다. 그럼에도 쓰는 건 아픔을 들쑤시며 자학하려는 것이 아니다. 도려내는 것이다. 그래야 새살이 돋아날 수 있으니까. 나를 옭아매던 고통과의 이별이며 시간의 파도에 흘려보내는 과정인 것이다.

사강의 『슬픔이여 안녕』에서 세실이 말한 것처럼, 다시 슬픔을 마주하게 되더라도 이제는 말할 수 있다. 슬픔이여 안녕.

돌이켜보면 병원에서 근무하던 2년 동안 참 많은 일이 있었다. 힘들 때도 있었지만 그보다 즐거운 일이 더 많았노라 말할 수 있는 건 모두 환자분들 덕분이다. 출근하려 힘겹게 몸을 일으키면 오늘 하루는 또 어떻게 버틸지 걱정부터 앞선다. 그래도 하나, 둘 사람들이 오기 시작하면 언제 그랬냐는 듯 정신없이 일하기 바쁘다.

내가 다니던 병원에서는 아침마다 블랙커피를 내려뒀어야 했는데 진한 커피 향이 아침의 긴장을 풀어주어 좋았다. 병원에는 정말 다양한 환자분들이 찾아오시는데 한번은 이런 일이 있었다. 한창 몰리는 시간대에 오신 한 아주머니가

대기하는 분들을 뒤로하고 다짜고짜 내게 접수 종이를 내밀
며 말했다.

"언제까지 기다려야 돼요? 급해서 그런데 먼저 해줘요!"

하지만 치료실은 이미 만석 홀에는 일찍이 오신 분들이 순
서를 기다리고 계셨다. 그렇기에 그분만 바로 치료해 드릴
수는 없었다. 나는 정중히 지금 상황에 대한 설명을 드렸다.

"지금 치료실이 모두 차서 바로는 어려우세요. 그리고 먼
저 기다리던 분들도 계시니 조금 기다리시면 차례 되셨을
때 바로 불러드릴게요."

설명을 드려도 막무가내로 밀어붙이시는 분들은 계속 요
구하시기도 한다. 속된 말로 진상이라고 하는 부류의 사람
들을 만나면 인류애가 박살이 나는 것만 같다. 다행히 아주
머니는 작은 실랑이 후 기다리기로 결심한 듯 자리에 앉았
다. 조용히 자리에 앉는 아주머니를 보고 나니 그제야 안도
의 한숨이 새어 나왔다. 오래 지나지 않아 아주머니의 차례
가 다가왔고 이름을 부르자 기다렸다는 듯 치료실 안으로

들어갔다.

시간이 지나 치료를 마친 아주머니가 밖으로 나왔다. 그대로 나를 지나쳐 나갈 줄 알았다. 그런데 갑자기 내게 다가오시는 게 아닌가? 혹시 불편한 사항이 있어 따지려는 건 아닐까 걱정하던 차에 아주머니가 말했다.

"조금 전에는 미안해요."

갑자기 받은 사과에 당황한 나머지 '아녜요 괜찮아요!'라는 말밖에 하지 못했다. 그때 본 아주머니의 얼굴에는 진심 어린 미안함이 담겨있었다. 지금까지 짜증 내고 화내는 환자분들은 많이 봐왔지만 이렇게 바로 말로써 사과하시는 분은 처음이었다. 그래서 지금까지도 잊히지 않고 기억 속에 남아있다. 사과라는 것이 별것 아니어 보일 수도 있지만 의외로 듣기 힘든 말이기도 하다. 특히나 감정 기복이 심하고 다혈질의 사람이라면 사과하는 것이 자존심 상하는 일이라고 생각하는 경우도 더러 있다. 같은 직장 동료 사이에서도 겉치레로 하거나 아예 하지 않기도 한다.

짜증과 화를 받아내는 일상에 무뎌진 내게 그 사과는 신선한 충격이었다. 조금 웃길지 모르지만 '사람이 사과를 할 수 있다니?' 같은 생경한 느낌이 들 정도였다. 사실 우리는 일상에서 사과하는 것을 심심치 않게 볼 수 있다. 뉴스에서 범죄자, 정치인, 연예인 등 물의를 일으킨 것에 대한 사과라며 고개 숙이는 모습을 비춰주기 때문이다. 그럼에도 생경한 느낌을 받는 것은 진정성을 느낄 수 없는 사과를 봐왔기 때문이 아닐까.

한 번은 접수증을 쓰레기통에 버렸다며 내게 아무렇지 않게 말하는 환자가 있었다. 모르고 그랬을 수 있다. 그게 필요하다고 말하자 그는 접수증을 버렸던 쓰레기통 앞으로 걸어가 멈춰 섰다. 그런데 아무런 행동을 취함 없이 물끄러미 쳐다보기만 할 뿐이 아닌가? 그렇게 한참을 서 있다 다시 내게 오더니 말했다.

"그냥 해주면 안 되나? 커피랑 쓰레기들이 있어서 꺼내기 좀 그런데."

결국 내가 쓰레기통을 뒤져 접수증을 찾아 꺼냈다. 그러는 동안에도 그는 멀뚱히 쓰레기통을 뒤지는 나를 가만히 쳐다보기만 했다. 딱히 미안하다거나 고맙다는 말을 바란 건 아니었지만 기분이 좋지만은 않았다. 이렇게 보면 처음에는 짜증을 냈지만 나중에는 자신이 했던 행동에 대해 사과하던 아주머니가 훨씬 좋은 사람으로 보인다. 사람은 겉만 봐서는 모른다더니 평범하게 생기신 분들이 더할 때가 왕왕 있다.

흔히 '인류애가 박살 났다'라고 말하는 인류애는 사람으로 다시 솟아나기도 하더라. 한 번은 한바탕 소란을 일으키고 나간 환자 탓에 울 것 만 같을 때였다. 치료받으러 온 다른 환자분이 운동하다가도 내게 다가와 위로해 주신 적이 있다. '누가 뭐라고 했어요? 나쁜 사람이구만!'이라며 대신 화내 주신 덕분에 다시 웃음을 되찾을 수 있었다.

자존감 지킴이처럼 '늘 상냥하게 웃는 선생님 보면 나도 기분이 좋다.'라거나 착하다, 예쁘다 말해주시는 어머니 환자분들 덕분에 2년이 넘는 병원 근무 생활에도 영혼 없는 얼굴이 아닌 웃는 얼굴로 일할 수 있었다. 내가 받은 사랑과 감사한 마음을 돌려드리고 싶은 마음이 컸기에 대충 할 수가 없었다. 그분들은 내게 있어 단순히 환자가 아닌 가족 같은 분들이었다.

병원을 찾는 사람들 중에는 몸만큼 마음도 쇠약해진 분들이 많다. 그런 분들은 좀 더 세심하게 챙겨드리고 따뜻한 말 한마디 더 해드리려고 노력했다. 특히 할머니 환자분들은 '늙으면 죽어야지.'라는 말을 달고 다니시는 분들이 많았는데, 그럴 때마다 난 '그런 생각하지 마세요. 자식분들이 들으시면 슬퍼하실 거예요. 오래 사셔야죠!'라고 늘 말씀드렸더랬다. 우리 할머니가 그렇게 생각하고 말하신다면 정말 슬플 것 같아서 했던 진심 어린 말이었다. 다시 그때로 돌아간다면 먼저 두 손을 꼭 잡아드리고 싶다. 온기가 있는 말속에 인류애가 있다. 그렇기에 나는 더 다정해지고 싶다.

일을 한다는 건 타이레놀 먹을 일이 많다는 것이더라. 그리고 알약으로 된 소화제와 액상 소화제를 함께 먹을 수 있도록 미리미리 구비해 두는 사람이 된다는 것을 의미하기도 한다. 약은 간식과 함께 서랍 속에 없어서는 안 될 생활필수품이다. 명심 또 명심하자.

그렇게 철두철미 준비해도 없을 때가 있다. 그럴 땐 옆자리 동료에게 부탁하면 된다. 자연스럽게 서랍에서 꺼내 줄 것이다. '필요하면 언제든 말해요.'라는 따뜻한 멘트와 함께 말이다. 이것이 회사에서의 동료애다. 약 한 쪽도 나눠 먹는 직장인만의 우정인 것이다. 안 그래도 힘든 회사 생활 약 없이는 버티기 힘들다는 걸 우리는 알고 있다.

새로 들어온 신입사원을 볼 때면 과거의 내 모습이 떠오른다. 나도 적응하느라 눈치 보고, 안 힘든 척하느라 고생 많이 했었다고 말이다. 처음 입사하면 여러 시행착오 끝에 점차 회사에 자신의 생체를 맞추어 나가는 과정을 거치게 된다. 밥을 먹는 속도, 먹는 양을 조절하는 것도 그 중요한 과정 중 하나다. 이게 어그러지면 그날 하루가 어그러지는 것과 같다. 점심때 체하면 저녁도 제대로 못 먹고 퇴근하고도 고생이니 부디 자신의 몸을 스스로 잘 돌보기를 바란다. 슬프지만 머리가 아프고 배가 아프면 일의 능률이 떨어짐은 물론이요, 인간관계에도 좋지 않다. 자신의 몸을 컨트롤하지 못하는 모습을 지속적으로 보여주다 보면 상대방은 그 모습으로 평가하게 되고 신뢰도도 떨어진다. 양해를 구하는 것도 한두 번이라는 것이다.

노동을 끝내고 감자를 먹는 가족을 그린 반 고흐의 그림 〈감자 먹는 사람들〉의 모습처럼 나도 퇴근 후 느지막이 간식을 먹는다. 식탁 맞은편에 앉은 어머니가 나의 간식 메이트다. 여름에는 무화과와 복숭아, 가을에는 고구마와 밤이 나를 기다리고 있다. 여름은 차갑게 겨울은 따뜻하게, 계절에 따라 음식의 온도도 바뀐다. 식탁 한편에는 타이레놀 대신 읽다 만 책들이 쌓여있다. 그중 손이 가는 건 가장 위에 올려진 책이다. 기분 내킬 땐 다이어리를 먼저 쓰기도 한다. 손으로 천천히 한 장 한 장 책장을 넘기고 입으로는 알알이 광이 도는 샤인머스캣을 쏙— 집어넣는다. 팡팡 터지는 과즙은 너무하다 싶을 정도로 달다. 그 어떤 디저트보다 달다 장담한다. 스트레스받을 땐 약을 찾는 게 아닌 나를 행복하게 하는 것들을 더 생각하려 한다. 건강을 해치지 않고 더 건강하게 해주는 것들 말이다.

일을 하면 자꾸만 아프다. 어쩌면 그게 당연한 것처럼 말이다. 맞지 않는 옷을 입고 있다고 생각해 보라. 숨통이 조인다고 하는 느낌이 뭔지 알 것이다. 맞지 않는 옷 사이로 숨 쉴 구멍 여럿 뚫어보자. 약을 나누는 것도 좋지만, 본인이 긴장을 풀어줄 수 있는 사람이 되는 게 최고이지 않을

까? 치유가 되는 관계를 만들고, 하는 동안만큼은 다른 것
들을 잊게 해주는 취미도 가져보고, 생산과 비생산 그 사이
의 무언가도 해보자. 약은 내성이 생기지만 그런 것들에는
내성이 없다.

나이를 먹어감에 따라 뜻하지 않게 다양한 사람을 만나게 된다. 내게 호의적인 좋은 사람만 있었다면 좋았겠지만, 그렇지 않은 경우도 있는데 그 비율이 반반이더라. 정확히 5 대 5는 아니고 6대 4정도? 좋음이 6이라 생각하고 싶다. 좋지 않았던 관계를 떠올려보면 그들을 통해 배운 것이 있다. '이런 사람은 되지 말아야겠다.'의 '이런'이다. 그게 나의 삶의 가치관을 형성하는 데 많은 도움을 주었다. 2가지 사건을 통해 지향하게 된 가치관을 소개하고자 한다.

첫째, 나는 품이 넓은 사람이고 싶다.

돈통에 들어있어야 할 일정 금액이 모자란 적이 있었다. 상사는 당연히 제대로 체크하지 못했다는 이유로 나를 나무랐다. 그거 하나 제대로 관리하지 못해 이 난리를 치게 만드냐는 게 이유였다. CCTV를 돌려봐야 된다니 어쩌니 묘하게 들뜬 목소리로 말하던 그는 오래 지나지 않아 CCTV를 돌려봤고 어째서인지 입을 꾹 다물었다.

알고 보니 그가 다른 일로 일부 현금을 빼가고는 깜빡 잊고 장부에 기록하지 않은 것이었다. 그렇다, 그렇게 애타게 찾던 범인이 본이이었던 것이다. 일을 제대로 하지 못한다며 나를 나무라던 그는 사과하기는커녕 웃었다. 마치 재미있는 잠깐의 해프닝이었다는 것처럼 말이다. 그게 그답다며 나는 어깨를 으쓱하고 넘겼지만 지켜보던 이들 중 몇몇은 내게 다가와 대신 화를 내고 위로해 주었다.

"사람을 그렇게 몰아세우더니 어떻게 한 마디 사과도 없어?"

아무렇지 않은 척했지만 그분의 말에 사회 초년생이었던

난 큰 위로를 받았다. 그리고 나를 몰아세우던 상사를 보며 생각했다. 나는 그런 사람이 되지 않겠다고, 어떤 문제 상황이 발생했을 때 섣불리 판단하고 화를 내기보다 실수를 수습할 수 있도록 도와주고 기다려 주는 사람이 되어야겠다고 말이다.

모두가 지켜보는 가운데 세워두고 공개 처형하듯 손가락질하며 공론화하지 않을 것이다. 타인의 인격을 깎아내리는 행동은 스스로를 깎아내리는 거더라. 그런 건 이상향(Utopia)이지 않으냐고 하더라도 좋다. 이상향을 향해 걷는 한 걸음이 이상향까지 닿지는 못하더라도 가깝게는 해주니까. 우리 모두가 노력한다면 가능할지도 모를 일이다.

둘째, 나는 오해하지 않는 사람이고 싶다.

어느 날 복도를 지나던 중 과장이 내게 들으란 듯 혼잣말했다.

"그렇게 안 봤는데 말이야, 사람이 참 간사해?"

알고 보니 내가 자신의 잘못을 팀장에게 일러바쳤다고 오해해 생긴 상황이었다. 당연하게도 당시의 난 그의 혼잣말에 아무 대응도 할 수 없었다. 앞서 걷던 그의 얼굴이 어떤 표정인지조차 알 수 없다. 일러바친 범인이 나일 것이라 확신하는 이유는 아마 내가 그와 일을 같이 하는 경우가 많기 때문일 테다. 하지만 그가 간과하고 있던 사실이 하나 있다. 이미 많은 이들이 그가 행하던 잘못된 행태에 대해 오래전부터 알고 있었다는 것이다. 그걸 그 자신만 몰랐다. 결국 그의 잘못이 돌고 돌아 스스로를 친 것이다.

그런데 이상한 일이었다. 그런 일을 겪었음에도 생각보다 기분이 나쁘다거나 화가 나지 않았다. 그냥 조금 어이가 없을 뿐, 오히려 묘한 해방감마저 일었다. 별다른 이유 없이 내가 싫은 사람이라면 눈치 보는 게 다 무슨 소용이겠는가? 내가 뭘 하든 싫을 텐데. 그래서 오해를 그냥 오해하게 두기로 결심했다. 아마 그는 오해로 뒤엉킨 비뚤어진 세상에서 살아갈 것이다. 그럼 나는 온건히 내 길을 가면 된다. 당신이 그들의 생각을 바로잡아 주는 선생님이 되어줄 필요는 없다. 해명을 위해 나서는 때는 소중한 사람을 지키기 위해서가 될 것이다. 때론 오해를 오해인 채로 두는 것 또한 용기더라.

해를 거듭할수록 상대를 편안하게 하는 사람이 얼마나 대단한지 느낀다. 상대를 시험하고 판단할 준비를 하며 대화에 임하는 사람으로부터 느끼는 심리적 압박감은 말도 못하게 크다. 설령 그가 그런 의도로 내뱉은 말이 아니었더라도 배려가 없는 대화는 그런 불상사를 일으키고 마는 것이다. 배려하며 대화한다는 게 얼마나 어려운 것인지의 반증이기도 하다.

10대, 20대 초반의 나는 거짓말을 나쁜 것이라 생각했고 그 반대의 사람이 되고 싶었다. 정의라 생각하고 솔직함을 무기로서 휘두른 것이다. 그 대가로 주변에 있던 가까운 사람들이 상처를 입었다. 상처 입은 그들을 바라보며 무언가 잘못됨을 깨달았다. 솔직함이라는 원석이 있다면 그걸 가공하여 내보이는 것이 나의 몫이자 책임이었다. 배려의 마음이 그 일을 한다.

이미 너무 많은 사람이 '너를 위해서'라는 이유로 칼이 달린 혀를 마구 휘두르며 다닌다. 거기에 베인 사람들은 다시 일어서지 못하게 되는 경우도 더러 있다. 하지만 정작 칼을 휘두른 사람은 쓰러진 이를 내려다보며 상대의 약함을 탓하거나 모른 체하기도 한다. 참 쉽지 않은가? 쉬운 것과 어려운 것 중 어려운 것을 택한 이들이 더 성숙한 사람이라는 걸 부정할 수 없을 것이다. 어른은 자신의 입에서 나간 말에 대한 책임을 질 수 있어야 한다.

대화란 상대방이 있기에 성립하는 것이다. 고로 상대방이 어떤 사람인지를 생각해야만 한다. 30대가 된 나는 말하는 사람보다는 듣는 사람에 가깝다. 나를 편안히 생각하고 마음을 열고 이야기해 주는 것에 대한 감사가 기저에 깔려 있기 때문이다. 회사에서 후임으로 들어온 이들은 내가 특별히 무언가를 해준 게 없음에도 감사하다고 말했다. 그 말에 오히려 내가 더 감동을 받았더랬다.

내가 배려하려 노력한 마음이 그들의 마음에 닿은 것은 내가 특별해서가 아니다. 그들에게도 같은 온도의 마음이 있기에 통할 수 있었던 것이다. 나 또한 늘 들을 준비가 되었다는 자세로 받아들여 주는 그들에게 고마움을 느낀다. 지금은 같은 곳에서 일하고 있진 않지만 알 수 있다. 그들은 어디에 있든 만나서 좋은 네잎클로버 같은 사람일 것이라고.

한편, 배려를 하면 만만하게 느끼고 낮잡아보는 사람도 있다. 그럼에도 다정은 좋은 사람을 찾아내는 좋은 방법 중 하나라고 생각한다. 이어령 선생님은 사랑에 대해 이렇게 말했다. 사랑을 선택한 사람은 누구나 마구간에 태어나서 십자가에서 죽는 것 같은 괴로운 삶을 선택한 사람이라고 말이다. 다정과 배려 또한 그렇지 않을까? 되려 상처 입기도 하니 말이다.

똑같이 받을 것이라는 보장이 없다는 것을 알면서도 다정을 건네고 감수한다. 그러다 다정한 사람을 만나면 한 무리의 흰 토끼풀 사이 네잎클로버를 만난 듯 기분이 좋아진다. 되돌아보면 힘들고 어려운 순간마다 얼마나 많이 구원받았던지, 꽉 막힌 곳에서 숨통이 트였는지 모른다. 그걸 알기에 다정을 행할 수밖에 없다. 사람을 구하는 여러 방법 중에 다정이 있을 것이라고 나는 믿어 의심치 않는다.

약해질 때
비로소 보이는 것들

다정한 마음을 유지하기 위해 먼저 해야만 하는 것이 있다. 바로 '나에게 다정하기'이다. 우선 아무 말이나 주워 담지 말자. 마음 주머니는 도라에몽 주머니처럼 무한대로 늘어나지 않는다는 걸 명심하라. 최대한 예쁜 말들만 골라 담자. 예쁜 말이 예쁜 마음을 만들고 행운을 만들어 낸다.

또 다정한 마음을 지켜내려면 '사람은 나무와 같다'는 걸 가슴에 새겨야 한다. 『그리스인 조르바』에서 '사람이란 나무와 같소. 당신도, 버찌가 열리지 않는대서 무화과나무와 싸우지는 않겠지?'라는 문장이 나온다. '너'와 '나'는 다른 사람이다. 모두가 알고 있는 사실이지만, 자꾸만 잊어버리는 사실이기도 하다.

상대가 내가 원하는 모습이 아니라고 화를 내는 것은 어린아이라야 겨우 용인 가능한 생각이다. 어른이라면 적어도 상대방을 있는 그대로 인정하고 존중하는 자세를 가질 수 있도록 노력해야 한다. 또 나와 항상 뜻이 같아야 하고, 영원히 함께일 것이라는 생각은 스스로에게도 좋지 않다. 순간은 그럴지 몰라도 영원하지 않을 수 있다.

화려한 꽃은 못 피울지언정 벽을 타고 올라가 따가운 태양 빛을 흡수하고 오히려 건물의 멋을 더해주는 담쟁이덩굴과, 붉고 탐스러운 과실을 맺어 내는 사과나무가 서로 다른 장점을 가진 것처럼. 있는 그대로를 보려고 하다 보면 '그럴 수 있지'가 저절로 튀어나오게 될 것이다. 언젠가 그런 당신을 만나고 싶다. 만나면 기분이 좋아지는 당신을 말이다.

약해질 때
비로소 보이는 것들

퇴근 후에는 꼭 나만의 시간을 갖는다. 운동을 하거나 밀린 책을 읽거나 글을 쓴다. 한 달에 여덟 권을 읽은 적도 있다. 누군가에게는 적게 느껴질 수도 있지만 내게는 나름 다독했다고 말할 수 있는 수치다. 이럴 때 보면 시간이 부족한 게 아니라 시간을 잘못 사용하고 있다는 말을 실감한다. 시간을 얻고 싶으면 우선순위 밖에 것을 놓아야 한다. 이전 회사를 퇴사한 후의 난 약간의 공허함을 느꼈다.

'그동안 내가 해낸 게 뭐가 있지?'

퇴근 후엔 늘 직장 동료들과 밥을 먹고 차를 마시며 수다를 떨다가 12시가 되어서야 집에 들어가기 일쑤였다. 그런데 퇴사하고 나니 그런 생각이 들었다. 그들이 나의 시간을 빼앗아 가서 아무것도 하지 못한 채 이 모양 이 꼴이 되어버렸노라고 말이다. 그리고 이 생각은 거절하지 못하고 따라가서는 순간의 즐거움에 취한 나의 잘못이라는 반성으로 끝이 난다.

닭갈비 먹으러 가자는 말에, 치킨을 먹자는 말에 흔들린 것도 나, 따라간 것도 나인데 누굴 탓하랴. 그걸 퇴사하고서야 깨달았다. 동료와의 친목도 좋지만 성장을 원한다면 혼자 있는 시간이 중요하다는 것을.

덕분에 지금 직장에서는 내 시간을 철저히 확보하고 있다. 내 시간을 확보해 두는 건 나를 존중함과 동시에 타인을 존중하기 위함이기도 하다. 아버지에게 직장 생활과 인간관계에 대한 고민을 이야기하면 이렇게 말씀하신다.

"대처를 잘해야 해. 자기는 아니라고 하지만 자기는 모를 수 있어. 자기 자신도 모르게 상대방을 괴롭힐 수도 있지.

상대방이 상처 받든 말든 자기 방식대로 사는 거야. 너도 그 사람이 어떻게 생각하든 신경 쓰지 마. 네 머리만 아파."

오랜 직장 생활을 경험한 아버지의 말씀이니 새겨들어 본다. 이마의 내 천 자를 검지로 꾹꾹 펴본다. 아버지, 퇴근 후엔 나만 생각할게요! 술을 마시며 파는 수많은 사람들 중에 하나가 나이더라도 신경 쓰지 않을 것이다. 그동안 나는 나의 현재를 살 테니까.

지금도 매일 정서적 입사와 퇴사를 반복하고 있다. 스스로를 지키겠다는 다짐을 지키기 위해서다. 굳이 다른 사람의 물살에 몸을 던져 휩쓸릴 필요는 없다. 결국 사람은 자기 자신만의 결이 있고 그 길로 가야 멀리 갈 수 있다.

제3장
익숙한 것에서 느끼는 새로움

"저는 술을 못 마십니다. 최근에는 건강을 생각해 커피를 비롯한 모든 카페인도 끊었습니다. 좋아했던 여행도 이제는 거의 하지 않습니다. 다시 말해 저는 무슨 재미로 사느냐는 질문을 종종 받는 사람입니다."

10월 17일 서울 '2024 포니정 혁신상' 시상식에서 한 한강 작가님의 수상 소감 중 일부분이다. 이 수상 소감을 소개하는 이유는 여기에 내가 큰 위로를 받았기 때문이다. 일을 하다 보면 술은 함께 일하는 사람들의 관계를 돈독하게 해주기 위해 반드시 거치는 과정처럼 비친다. 하지만 알다시

피 나는 뇌전증이라는 질병으로 인해 술을 마실 수 없다. 그렇다 보니 따라오는 익숙한 말이 있다.

"무슨 재미로 살아?"

친구들과의 모임에서는 술을 시키게 되더라도 자연스레 음료도 같이 주문한다. 말 그대로 술은 기호식품으로써 마실 거면 마시고, 안 마신다면 마는 분위기다. 하지만 사회에서는 쉽게 넘어가지 않는다. 'yes or no'가 아니라 긴 설명을 통한 납득의 과정이란 게 필요하다. 다른 걸 좋아한다고 말하는 데에도 용기가 필요하다는 걸 이때 깨달았고, 술자리에서 그건 못 마시는 이유가 되지 못한다는 것도 알게 된다. 술을 안 마시는 이유를 설명하는 건 안 마시는 사람들에게 평생의 숙제다.

가치관과 취향이 다양해진 만큼, 좋아하고 선호하는 것도 다른 건 어쩌면 당연한 일인데도 미디어에서는 모두가 같은 것을 즐기는 모습만 보여준다. 식사 중에도, 여행 중에도, 토크쇼에서도 술은 빠질 수 없다. '취향인데 존중해 주시죠?'가 안 통하는 것이라면 가장 먼저 술이 떠오를 지경이다. 회식 자리에서 내가 술을 못 마신다고 했을 때의 반응은 크게 세 가지다.

"술을 못 마신다고? 마시다 보면 늘어~"
"일부러 안 마시는 거야, 아니면 진짜 못 마시는 거야?"
"왜, 어디 안 좋아?"

줄여서 2가지로 분류하자면 어떻게든 같이 마시고 싶은 사람과 호기심 모드가 되어 질문 폭격을 날리는 사람이 있다. 이걸 통과하면 음료를 마셔도 된다는 허락이 떨어진다. 그래도 모른 척 술잔에 술을 따라 주기도 한다. 그러면 나는 또 술을 주셨는데 거절해서 미안하다고 말한 뒤 사이다를 마신다. 회식에서는 자연스러운 배려를 기대하기보다 먼저 선수 쳐야 이길 수 있다.

"저는 술을 못 마셔서 그러는데, 음료 시켜도 될까요?"
"왜 못 마셔?"

"먹고 있는 약이 있어서요."

나는 그냥 거짓 없이 솔직하게 말해버린다. 물론 무슨 약인지, 무슨 병 때문인지는 끝까지 말하지 않지만, 먹는 약 때문에 못 마신다고까지 말했는데 권유하는 사람이 있다면 멀리해야 할 사람을 알게 되는 거니 좋다. 안타깝게도 술을 좋아하지 않는 데다 마시지 못한다면 멘탈을 강하게 단련하는 편이 좋을 것이다. 그래야 자기 자신을 지킬 수 있다. 온갖 조롱과 강요로부터 말이다.

술은 친목 도모를 위한 매개체로서 오랫동안 사랑받아 왔기에 주류가 된 것도 이해는 된다. 하지만 주류라고 해서 다른 것 위에 있는 건 아니지 않나? 미국에 살고 있는 친구 마리가 말하길, 그곳에서는 술을 마실지 묻고 안 마신다고 하면 다른 것을 자연스레 권한다. 이유는 묻지 않는 게 당연하다. 마시지 않는 것에 이유가 필요한가? 그 분위기가 부럽게 느껴졌다. 당연히 같은 걸 좋아할 것이라 생각하는 게 아닌, 다른 걸 좋아할 수도 있고 그걸 자연스럽고 당연하게 받아들이는 상호 존중의 문화가 우리 사회에 뿌리내리기를 바란다.

아버지의 고등학교 교과서에서 읽은 최재서 작가님의 말마따나 우리는 아직 젊어 잘 살았느니 못 살았느니 인생을 회고할 필요가 없다. 술이 없어 재미없는 인생이라 판단하기에는 아직 너무 어리고 젊다. 살아가다 보면 생각보다 나를 즐겁게 하는 것은 많고, 또 언제든 그걸 찾을 수 있다는 것도 알게 된다. 나의 20대 초반은 술을 마시는 사람이었지만, 30대가 된 지금과 비교해 보면 지금이 더 즐겁다. 퇴근하고 읽는 책 한 장과 쓰는 한 줄 한 줄이 몸의 피로를 잊게 한다는 것을 알기 때문이다. 눈으로 읽은 글은 머리를 한 번 훑고 마음에 닿는다. 직접 문장을 따라 쓰다 보면 현재가 선명해지고, 더 나은 생각을 하게 되며, 성장하는 기분이 든다. 좋아하는 류의 음료나 커피가 있고, 그걸 맛있게 하는 집을 찾고 몇 번이고 다시 방문함으로써 은은한 즐거움도 만끽할 수 있다.

술을 안 마신다고 하면 듣는 질문 중 하나인 '친구들과는 뭘 하고 놀까?'에 답을 해보자면, 이젠 술을 즐기던 친구들도 몸의 리듬이 망가지는 것이 싫다며 자연스레 술을 찾지 않게 되더라. 대학교 친구들과 오랜만에 만났을 때는 아무도 술을 주문하지 않았다. 많이 마셔도 잘 취하지 않던 아이들인데도 말이다.

소고기에 된장 술밥까지 맛있게 먹고 우리가 향한 곳은 배스킨라빈스였다. 모두가 한마음 한뜻으로 달려갔다. 보통의 일반 매장과 달리 매실, 딸기 바나나, 얼그레이 그린티와 같은 처음 보는 맛이 많아 흥분한 우리는 어린아이처럼 쇼케이스에 옹기종기 다닥다닥 붙었다.

샘플러라고 4가지 맛을 조금씩 담아 먹을 수 있는 게 있는데, 겹치는 걸 제외하니 무려 아홉 종류나 되었다. 아이스크림을 좋아한다니 철딱서니 없는 어른처럼 보일지도 모르나, 매장 안에는 아이를 데리고 나온 가족뿐만 아니라 모임을 갖는 중장년층도 많이 보였다. 그러니까 아이스크림을 즐기는 데는 나이가 없다는 것이다.

　맛있는 아이스크림 앞에서 우리는 꾸밈없이 스스로를 드러낸다. 술이 진실을 말하는 게 아니고 함께 있는 사람이 누구냐에 따라 우리는 조금 더 솔직해진다.

나부터도 그렇다. 누군가와 같이 먹는 게 아니라면 달걀 프라이 하나 부치는 것도 인덕션 앞에서 고민을 하고 서 있다. 하지만 가족과 먹어야 할 때는 '달걀 프라이 하나라도 더'가 된다. 의식하지 않으면 내 몸인데도 내 몸을 위한 좋은 음식을 생각하기보다 쉽고 빠르게 먹을 수 있는 것을 찾게 된다. 참기름에 간장 혹은 고추장과 김, 참치통조림같이 별다른 조리 없이 쉽게 뚜껑 열고 먹을 수 있는 것들을 말이다.

대학교를 다닐 때도 편의점 빵이나 삼각김밥 하나로 간단하게 끼니를 때운 적이 많다. 하지만 집에서 가족과 먹을 때는 자연스레 맛있는 음식을 먹고 싶다는 생각을 하게 된다. 밖에서 맛있는 음식을 먹는 날이면 가족들이 생각난다.

그런데 그런 사람이 나뿐이 아니었다. 엄마도 가족들이 집에 없고 홀로 식사하실 때면 마른반찬 몇 가지로 단출하게 드셨다. 왜 다른 요리 없이 단출하게 드시는 걸까? 궁금함에 여쭈어보니 "혼자서 먹으니 그냥 빨리 먹고 쉬려고 그러지."라고 하셨다. 그리고 덧붙여 말씀하셨다.

"맛있는 걸 해주는 게 엄마의 일이지."

내가 기운이 없거나 아플 때도 엄마는 늘 먼저 내게 다가와 물으셨다.

"뭐 먹고 싶은 거 없나?"

그 물음은 하나라도 더 좋은 것을 주고 싶은 엄마의 사랑 표현이자 사랑 그 자체였다. 쌀이 귀했던 부모님 세대였기 때문일까? 가족과 맛있는 음식을 먹고 특별하지 않은 이야기를 나누는 시간은 엄마의 즐거움 중 하나이며 행복이다.

그래서일까, 우리가 먼 타지에서 '엄마의 밥'을 그리워하는 것은. 결국 따뜻한 엄마의 사랑이 그리웠던 게 아니었을까. 보글보글 끓는 된장찌개 소리와 구수한 냄새로 가득 찬 집은 떠올리기만 해도 따뜻해지는 기분이다.

왜 맛있는 걸 먹으면 가족이 생각나고 가족과 함께 일 땐 맛있는 걸 먹고 싶을까 생각하자 노먼 록웰의 작품인 〈궁핍으로부터의 자유〉가 떠올랐다. 추수감사절 식탁에 둘러앉아 칠면조를 맞이하는 가족들은 하나같이 밝고 즐겁다. 이 작품의 제목은 루스벨트 대통령이 발표한 4가지 자유 연설, '언론과 의사 표현의 자유', '신앙의 자유', '궁핍으로부터의 자유', '공포로부터의 자유'에 영감을 얻은 것으로 4가지 자유라는 추상적인 개념을 미국인의 일상으로 각각 표현해 낸 것이다.

책『나만의 사적인 미술관』에서는 이 그림에 대해 궁핍으로부터 자유로워진다는 것은 물질적 풍요만으로 이뤄지는 것이 아니라는 록웰의 생각을 담아낸 작품이라고 한다. 처음 이 그림을 보았을 때는 식사를 기대하는 가족의 웃는 얼굴만 보였다. 그다음 커다란 칠면조가 눈에 들어왔고 화려한 식탁이라고만 생각했었다. 그런데 알고 보니 록웰이 술과 고기, 케이크, 과일 등을 일부러 부족하게 그렸고 대신 칠면조만으로도 식탁이 풍성해 보이도록 연출했다고 한다. 다시 보니 정말 칠면조 말고는 눈에 띄는 음식이 없었다.

그것이 말하는 바는 적정한 물질적 풍요에 감사하며 가족과 함께하는 삶의 소중함이었다. 우리 집의 밥상도 늘 풍족한 건 아니지만 돼지 김치찜에 마른반찬 몇 개만 있어도 풍요롭게 느꼈던 기억이 떠오른다. 때론 미나리 삼겹살일 때도 있고 된장찌개 하나일 때도 있다. 행복을 느끼는 데는 대단한 게 필요한 게 아니었다. 엄마가 직접 요리한 음식을 가족과 함께 먹을 때 느끼는 것과 내가 맛있는 걸 가족과 먹을 때 느끼는 것은 같은 행복이었다. 그저 사랑하는 사람과 함께 하기에 행복한 것이다.

그러니 이제 '가족과 맛있는 걸 먹고 싶다.'라는 생각이 드는 것에 의문을 가지지 않고 받아들이기로 했다. 그저 가족을 챙겨야 한다는 의무감과 죄책감에서 드는 생각이 아닌, 가족과 함께하는 것이 내 행복 중 하나였기에 그랬다는 걸 알기 때문이다.

가족과 관련된 상담 프로그램이 많이 보이는 요즘, 때로 내가 느끼는 것들이 결여나 결핍과 같은 어떠한 원인에 기인하여 생기는 감정은 아닌지 생각해 보기도 했다. 그런데 너무 복잡하게 생각하려 한 게 아닐까? 사실 답은 정말 단순한데 말이다. 그게 너무 당연하다는 이유로 떠올리지 못한 것이다. 어머니에게 '엄마 나 사랑해?' 물어보면 어머니

는 무슨 뚱딴지같은 소리냐는 표정으로 말할 것이다. 당연
히, 사랑하지.

　실내 자전거를 제외하고 내가 꾸준히 하는 운동 중 하나가 바로 산책이다. 산책을 하게 된 이유를 찾아 거슬러 올라가 보자면 나의 병 때문이다. 더 정확히 하자면 나의 비타민D 수치가 평균에 훨씬 못 미친다는 것이 이유였다. 선생님의 예시에 따르면 평균 비타민D 수치가 20이라고 한다면 나는 그의 절반인 11 정도밖에 되지 않는다고 했다. 그래도 하루 최소 20분씩이라도 손과 발을 햇볕에 쬐다 보면 금방 평균치로 돌아갈 수 있을 거라는 희망적인 말을 덧붙여주셨다.

　모든 비타민이라는 게 그렇듯 비타민D도 부족하면 몸에

좋지 않은 영향을 끼친다. 이미 널리 알려진 바에 의하면 D가 부족하면 뼈가 약해져 골다공증에 걸릴 수도 있다. 그뿐만이 아니라 몸의 면역세포를 저하시키고 우울증을 유발할 수 있으며 비만과 당뇨에도 좋지 않은 영향을 준다니 절로 경각심이 든다. 경각심을 느낀 이후 틈틈이 햇볕을 쬐려 노력해 보았지만 실내에서 일을 하다 보니 여간 쉬운 일이 아니었다. 점심시간에는 밥을 먹고 쉬기 바쁘고, 퇴근하면 이미 어둑어둑해져 있으니 태양의 볕은 내게 너무 먼 당신이었다. 결국 비타민D 주사도 맞고 약도 챙겨 먹어 보았지만 수치상으로 1 정도 올랐을까? 비싼 돈 들인 것 치고 미미한 효과였다. 그리하여 쉬는 날이라도 햇볕을 열심히 쬐기로 결심하게 된다.

의사 선생님 말씀에 의하면 창을 통해 투과되는 햇볕은 효과가 없다. 햇볕을 쬘 때 가장 중요한 건 피부에 직접 닿게 하는 것이다. 밖을 오래 돌아다니는 게 아니라면 이제 내게 양산은 필요 없는 게 된 셈이다. 햇볕이 닿는 면적을 넓혀야 비타민D 흡수율을 높일 수 있기에 팔과 다리를 더 걷으면 걸었지 가리는 건 내게 사치였다. 요즘은 자외선을 피하기 위해 너도나도 양산을 쓰지 않나? 그래서 어느 날은 조심스레 의사 선생님께 물었다.

"햇볕을 너무 쬐면 피부암에 걸릴 수도 있나요?"

햇볕을 오래 쬐면 안 좋지 않을까를 돌려서 물어본 것이었다. 지금 다시 생각해 보면 내가 고민할 만한 질문은 아니었다. 점심시간 잠깐도 햇볕 쬐기 힘들어했으면서 오래 쬐어 피부암 걸릴 걱정을 했으니 말이다. 나의 질문에 의사 선생님은 무덤덤하게 말했다.

"그건 영국 공원에서 3시간 넘게 벤치에 앉아 있는 할머니 할아버지들이 걱정할 문제죠."

"아!"

간결한 대답에 절로 감탄이 튀어나왔다. 어찌 됐든 건강을 위해 산책이라는 것을 해야만 했다. 그리고 어머니는 나의 산책에 집착하기 시작했다. 어머니에게 있어 나의 산책 행위는 병을 치료하는 것과 같은 의미였던 것이다. 또 다른 문제는 내가 평소 산책에 대해 부정적으로 생각하고 있다는 것이었다. 주로 휴대폰이나 컴퓨터, 책과 같이 가만히 앉아서 하는 활동만 해왔던지라 산책이라는 것이 비효율적인 일이라 생각하기도 했다. 그저 멍하니 걷기만 하는 산책이라는 것이 재미도 없고 싫었다. 그래서 억지로 산책을 시작했을 적에는 모든 걸 비뚤 게 바라봤다. 도로의 자동차 매연이 거슬리고 사람들이 북적일 땐 부딪힐까 신경 쓰여 불편했다. 그랬던 내가 이제는 혼자 산책을 즐기는 사람이 되었다. 어머니와 함께 수없이 많은 산책을 하며 산책의 즐거움을 깨달았기 때문이다.

산책 도중 길가에 핀 들꽃을 발견할 때면 어머니의 눈은 생기 넘치는 어린아이처럼 빛이 났다. 손으로 만지고 코로는 향기를 맡으며 자연의 아름다움을 만끽한다. 산책을 시작할 때 가장 먼저 고개를 들어 날씨와 구름의 모양을 감상하고 집으로 돌아올 때는 분홍으로 물든 하늘을 바라보며 내려온다. 물론 사진으로 남겨두는 것도 잊지 않는다. 어머니에게 산책길이란 전시를 보는 것만큼이나 흥미로운 것이었다. 내겐 그저 시시하게만 느껴지던 것들이 어머니의 시선으로 산책을 따라가자 재미있게 느껴지기 시작했다.

내가 지켜본 어머니는 계절에 따라 달라지는 식물의 초록과 노랑, 빨강을 선물처럼 감사하게 생각하는 분이었다. 떨어지는 벚꽃의 꽃잎과 단풍의 잎사귀 하나가 당신의 친구인 듯 헤어짐을 아쉬워하기도 했다. 항상 곁에 있다고 해서 그것이 소중하지 않은 게 아닌 것처럼 매일 보는 풍경도 아름다운 것이다. 이런 것들이 모여 마음을 풍요롭게 하는 것이 아닐까?

밖을 나오면 빨리 돌아갈 생각에 여유가 없고 바빴던 마음은 완전히 바뀌었다. 산책이 재미있을 수 있다니! 예전의 나라면 겉으로 이해하는 척해도 속으로는 이해하지 못했을 일이다. 만약 검사에서 비타민D 수치가 낮게 나오지 않았더라면 몰랐을 것들인데, 나는 운이 좋은 사람이다. 그저 빨리 집으로 돌아갈 생각을 하며 멍하니 걷기만 하던 산책에서 이제는 즐거움을 느낄 수 있게 되었으니 말이다. 어머니가 사랑하던 자연을 이제 나도 사랑한다.

우리 어머니는 먼저 받은 듯 주는 사람이다. 어머니의 안에는 얼마나 많은 마음이 있기에 그리도 쉬이 나눌 수 있는 걸까 생각한다. 반찬을 만들면 자연히 이웃집도 함께 떠올리는 사람. 식사 전인지 확인한 후 반찬통에 갓 만든 나물 반찬, 빨간 진미채 볶음 담고 국을 하는 날이면 남는 냄비 찾아 여전히 김이 모락모락 나는 국 가득 담아 건네준다. 뜨겁다며 조심히 건네주는 손. 옆집 아이가 이쁘다며 액세서리 좌판에 멈춰 선다. 분홍색을 살지 노란색을 살지 고민하며 예쁜 리본 핀을 세트로 다 사버린다.

지난번 주신 딸기를 아이가 너무 맛있게 먹더라며 영상을
보여주는 날이면 친할머니라도 된 마냥 뿌듯해한다. 그 영
상 나도 봤는데 오물오물 자그만 입으로 자기 입보다 배는
큰 딸기를 어찌나 야무지게 먹던지. 정말 신기하다. 어머니
는 자신에게 온 '1'을 절대 가만두지 않는다. 어떻게든 잘게
쪼개고 쪼개 '0.1'로 만들고야 만다. 근데 그게 작게 느껴지
지 않는다는 게 신기하다.

어머니는 왜 자꾸 퍼주려 하는 걸까? 내가 어머니 나이가
되면 알 수 있을까 아니면 어머니가 특별한 사람인 걸까. 어
렴풋 스쳐 지나가듯 하시던 말이 생각난다.
"이렇게 나눌 수 있는 게 있다는 것만으로도 감사하다."

말에 온기가 있다면 이런 말이 아닐까, 참 따뜻하다. 냉소
는 아무것도 남기지 않지만 다정과 같은 따뜻함은 세 사람
에게 남는다고 생각한다. 말하는 사람과 받는 사람, 그리고
그걸 지켜보는 사람. 나는 오랜 시간 어머니의 나눔을 지켜
보며 먼저 주는 것을 꺼리지 않으려 하게 됐다. 아끼고 아끼

는 것도 나쁜 것은 아니지만, 주는 기쁨이 있다는 것을 알기 때문이다. 준다는 건 동시에 내가 받는 것이기도 하다.

'예쁜 마음 덕분에 일찍 철이 들어서 늘어난 요리 솜씨.' 한국 기행을 보던 중 흘러나온 따뜻한 내레이션이 좋아 노트 한 귀퉁이에 적어뒀었다. 어머니가 김치 만들 준비를 해두고 출근하시면 퇴근 후 어머니가 힘이 드실까 초등학생이던 사장님이 김치를 만들었다는 이야기였다.

약해질 때
비로소 보이는 것들

‘예쁜 마음’이라는 단어가 주는 울림이 좋다. 일찍 철이 든 것이 마냥 안타깝거나 비관적이지만은 않더라. 누군가에게는 오지랖으로 표현되는 그 마음의 본질은 ‘예쁜 마음’이었다. 예쁜 마음은 늙지도 않는가 보다.

한 해가 끝나는 열두 번째 달이면, 나는 나의 오랜 친구들을 떠올린다. 자주 보지는 못하고 멀리 떨어져 있지만, 각자의 자리에서 하루하루 충실히 살아가는 친구들을 볼 때면, 내가 다 뿌듯하고 자랑스럽다. 찬바람이 귀 끝을 스치고, 들뜬 사람들의 목소리와 빛나는 거리를 보고 있으면, 그만 떠오르고 마는 것이다.

잘 지내는지 안부를 묻고 싶다. 밥은 삼시세끼 잘 챙겨 먹고 있는지, 혹 힘든 일은 없었는지. 힘든 일이 있다면 힘을 보태고, 축하할 일이 있다면 크게 웃으며 함께 축하해 주고

약해질 때
비로소 보이는 것들

싶다. 혹시 내게 연락하기를 망설이고 있는 것은 아닐까? 마치 내가 너에게 하지 못하고 바라보기만 하는 것처럼. 내 연락이 김미영 팀장처럼 기다리지 않던 연락은 아닐까, 휴대폰을 붙잡고 고민하고 또 고민한다.

내 옆에 네가 있기를, 네 옆에 여전히 내 자리가 있기를 바라는 것은 나의 작은 욕심이다. 휘핑크림처럼 부드러운 푸딩과 아작아작 씹히는 고소한 후레이크를 먹을 때 느끼는 행복감, 딱 그 정도면 된다. 작은 일상을 공유하며 곱씹는 나날, 그것만으로 충분하다.

1년여 만에 만난 친구가 내게 이런 말을 해준 적이 있다. 나에게서 긍정적인 에너지가 뿜어져 나오는데, 그게 다른 사람의 기분도 좋아지게 만든다고. 내게 있어 최고의 칭찬이었다. 그 말을 듣고 간질거리는 마음을 꾹 참았지만, 참 고마웠다. 그 말을 해주어 고맙고, 예쁜 말을 할 줄 아는 그녀가 나의 친구여서 감사했다. 긍정적 에너지가 뿜어져 나온 것은 결국 그런 에너지를 주고받을 수 있는 상대방이 있기 때문이기도 하다. 그런 의미에서 너와의 만남은 내게 있어 늘 즐거운 이벤트다.

　이런 것 또한 선한 영향력이 아닐까? 보통은 유명인이 기부를 하거나 봉사함으로써 대중들로부터 긍정적 관심을 끌어내는 경우 사용되지만, 이미 우리가 계속해 왔던 즐거운 만남 자체가 선한 영향력을 나누는 행위인 것이다.
　서로를 살리고 살게 하는 힘, 별것 없다. 다정하고 진실된 마음이면 된다고 나는 믿는다. 그러다 보면 어느 순간 행복이 곁에 바짝 다가와 옆구리에 붙어 있지 않을까.

　책 『모든 삶은 흐른다』에서 로랑스 드빌레르는 무책임과 무관심이 악한 것을 더 쉽게 퍼져 나가도록 돕는다고 말한다. 개인주의와 코로나 시기를 거치는 사이 우리는 서로에게 너무 무관심해지지는 않았을까, 그럼으로써 무언가를 잊고, 잃어버리지는 않았을까? 한 해의 끝, 그런 것들을 되찾고 싶다는 생각을 한다.

약해질 때
비로소 보이는 것들

부모는 유아차에서부터 난관에 부딪힌다. 안락함을 느낀 곳에서 내리고 싶지 않은 것이다. 어르고 타일러 내리면 신속히 안으로 이동을 유도하기 바쁘다. 저기로 가면 예쁘고 재밌는 것들이 많다며 말이다. 신경을 분산시켜 안락했던 유아차를 잊게 하려 애쓴다. 어린아이들은 대개 자신만의 애착 인형을 데리고 다닌다. 익숙하게 곁에 있던 것이 없으면 불안함을 느끼곤 한다. 부모에게서 떨어지기 싫어하는 분리불안 같은 것이다. 하지만 일단 놀이에 한 번 몰입하고 나면 그렇게 소중하게 쥐고 다니던 녀석을 아무 데나 휙― 두고 가버린다. 그걸 찾는 건 부모의 몫이다.

우리의 어릴 적도 크게 다르지 않을 것이다. 소중하게 손에 꼭 쥐고 다녔으면서 크면서 서서히 잊혀가고 잊게 된다. 그것 또한 건강한 현상이라고 본다.

생각해 보면 애착 인형이란 녀석은 불안을 느끼던 아이에게는 세상에 걸어 나갈 수 있게 하는 힘을 주는 존재였다. 어쩌면 부모보다도 의지했을 수도. 나에게도 그런 녀석이 있었다. 옛날 맥도날드에서 해피밀 세트를 먹으면 주던 곰돌이 푸 인형이었다. 희미한 기억을 더듬어 보자면 빨간 티셔츠를 입고 있었다. 사랑스러운 푸는 어느 날 사라졌다. 딱히 열심히 찾지도 않았던 것 같다.

하지만 곰돌이 푸가 주던 푸근함을 잊지는 않았다. 내 정서의 한 조각을 차지하고 있던 것이다. 대학 시절 친구들과 떠난 부산 여행에서 곰돌이 푸 인형이 너무 반가워 조금 무리를 해서 사버렸다. 나는 너를 잊지 않았다. 무의식에는 늘 그 인형이 있었던 것이다.

사람과의 인연을 소중히 하듯 애착 인형과의 인연도 소중하다. 이제는 손에 쥐고 다니지는 않고 침대 머리맡에 두고 잔다. 그냥 그것만으로도 만족스럽다. 가끔 그 존재를 잊고 살다 먼지가 쌓일 것 같을 때마다 빨아서 다시 세워둔다. 생각해 보니 썩 애정을 주는 주인은 아니라 조금 미안해지네. 어쨌든 이게 그리 이상한 모습은 아니라는 거다.

길거리에 나가보면 가방에 주렁주렁 파우치에도 주렁주렁 인형을 달고 다니는 사람들을 흔히 볼 수 있다. 한 개도 아니고 다섯 개를 달고 다니기도 한다. 어떤 이들은 차에 세워두고 자랑하기도 한다. 심지어 쓰레기 수거차도 인형을 주렁주렁 매달고 다니는데 영화 〈매드맥스: 분노의 도로〉를 연상케 한다.

아이, 어른, 여자, 남자, 직업을 가리지 않고 인형에 미쳐 있는 것처럼 보이기도 한다. 외국인들도 신기해한다고 하더라. 키링은 단순히 귀엽고 예쁘기만 한 게 아니다. 정확히 말하기는 어렵지만 정서적 충족감을 준다. 혼자가 아닌 기분이 들 때도 있고 과시욕을 채워주기도 하며 나를 표현하는 수단이 될 때도 있으며 동질감을 느끼게 하기도 한다.

건장한 남자가 무표정한 얼굴로 스마트폰을 보고 있더라
도 농담곰 같은 키링을 달고 있는 걸 보면 나랑 같은 사람이
구나 싶어 웃음이 난다. 뭐 어때! 힘든 세상 조금이라도 웃
게 해주는 존재가 있다는 게 얼마나 감사한 일인지 모른다.
그게 때론 사람이 되기도 하고 반려동물이 되기도 하고 키
링이 되기도 할 뿐이다. 전혀 이상할 것 없다. 반복되는 하
루하루를 스스로 만든 의미 속에서 살아가려는 것뿐이다.

**약해질 때
비로소 보이는 것들**

23.06.28

저녁 6시 엄마의 첫 요양보호사 자격시험 학원 수업이 있는 날. 내가 쓰던 필통을 꺼내 연필과 볼펜, 수정테이프를 챙겨 넣어드렸다. 엄마는 다녀와서 하나도 안 졸리더라며 들뜬 얼굴로 말했다. 확실히 생기 있는 눈빛이었다. 엄마는 친구들이 있는 채팅방에 이렇게 써서 보내고 계셨다. '배워서 남 주는 거 아니라더니 맞다'며 말이다. 즐거워하는 엄마의 모습이 귀여웠다.

24.08.11

오후 8시 40분 퇴근하고 돌아가는 길 집 앞마당에 엄마 가 서서 나를 기다리고 계셨다. 그 모습이 너무 사랑스럽고 귀여우셨다. 사진으로도 찍었다. 나는 정말 복 받았구나 생 각이 든다.

24.08.17

빨래 걷고 널고. 책 읽고 브런치에 예전에 썼던 글을 이어 서 써 업로드했다. 그러고 노트북 배터리가 다 되어 잠깐 충 전시킨다고 꼽아두고 거실에 누웠는데 그대로 내리 3시간 을 잤다. 내가자는 사이 장을 봐온 엄마가 닭볶음탕을 만들 고 계셨다. 며칠 전부터 내가 닭볶음탕 이야기했었다고 말 이다. 보글보글 끓는 치명적인 닭볶음탕에 군침이 돈다.

서른 이후의 꿈, 조승리 작가님처럼 나 또한 꿈이 바뀌었 다. 계속 글을 쓰는 삶을 사는 것이다. 즐겁고 충실하게 살 다 보면 글을 쓰고 싶어지고. 글을 쓰다 보면 삶이 충만함을 느낀다.

24.08.22

출근을 위해 버스를 탔는데 이전처럼 시원하지가 않다. 기사님이 에어컨 온도를 부러 낮게 안 하시는 듯하다. 등받이에 등을 뗐다 붙였다 했다. 계속 붙이고 있으면 땀이 나기 때문이다.

24.08.24

엄마가 어디 카페에 갈까 물으셔서 임고서원에 있는 카페 온당을 말했고 곧장 거기로 갔다. 오랜만에 먹는 아이스크림 라테는 더 맛있어졌더라. 책도 좋은 것들이 많아 구경하는 재미가 있었다. 디저트도 맛있었는데 샤인머스캣 빵이 은근히 맛있어서 집에 갈 때 두 개 더 사 갔다.

새로운 발견 'fol:in'이라는 콘텐츠 구독 서비스를 알게 됐다. 카페 한쪽에 마련된 폴인 페이퍼. 성공의 경험을 나누는 폴인의 공간 파트너가 되었다는 문구가 쓰여 있다. '버티기' 그리고 '방향'이라는 제목에 얼른 집어 들었다. 지금 내게 필요한 거잖아?

아우렐리우스의 『명상록』을 소개하는 글이 좋았다. '외부에 있는 사물들은 외부에 있어서 너의 혼을 지배할 수 없고 너를 흔들어 놓을 수 없기 때문에, 불안은 언제나 너의 내면에 있는 생각이나 판단에서 생겨난다는 것이다. 파도가 자기에게 끊임없이 밀려와서 부서지지만, 그 자신은 견고히 서서 주변의 용솟음치는 바닷물을 고요하게 만드는 해안의 넓은 바위처럼 돼라.'

24.09.02

출근길 차 안, 엄마가 나 없던 토요일 밤에 아빠가 감동적인 말을 하더란다. 유튜브로 노부부가 나오는 프로를 보는데 70년 해로했다는 이야기가 나오자 엄마가 아빠에게 물었다.

"나랑 몇 살까지 살 거야?"

"100년."

그 이야기를 듣고 나도 놀랐다. 아빠가? 웬일이지? 싶었다. 금슬이 좋으셔서 다행이다.

24.09.10

일기를 쓰다 보면 과감한 결단을 내려야 하는 순간이 몇 번이고 찾아온다. 빼먹은, 지난날을 쓸지 아니면 지금부터 시작할지.

24.09.16

퇴근 후 집에 돌아와 엄마의 꽃밭을 구경하는데 엄마가 누가 최근 심어둔 당신의 꽃을 훔쳐 갔다며 하소연했다. 무성한 풀 사이 조금 움푹 파여 휑한 자리가 눈에 띄었다.

"2,500원 주고 산 건데…"

엄마가 아쉬워하며 중얼거렸다. 어떻게 가장 최근 심은 걸 알고 그 자그마하고 노란 그것만 훔쳐 간 걸까. 다음에 하나 사드려야겠다.

약해질 때
비로소 보이는 것들

아버지는 돌 같은 분이다. 누가 뭐라던 동요하지 않는 단단한 사람. 그게 직장에서의 아버지 모습이었다. 어린 나는 몰랐다 아버지가 매일 새벽 홀로 기도하고 있었다는 것을. 어머니를 위해, 나를 위해, 오빠를 위해, 동생을 위해. 그럼 생각한다. 아버지를 위한 기도는 누가 드리나? 그건 우리 가족의 몫이겠지.

작은 신장임에도 온몸에 힘이 바짝 들어가 단단한 아버지의 모습은 출정을 앞둔 장군 같다. 작년 가을, 나의 여름휴가 계획에 아버지는 연차를 쓰고 처음으로 새벽을 쉬었다.

거의 처음이 아닐까? 아버지가 연차를 내고 새벽에 안 일어
날 수 있었던 날이.

새벽 4시가 넘으면 울리는 알람 소리, 그 소리에 뒤척이
는 어머니. 거실에 미리 꺼내둔 옷으로 갈아입고 뒤따라 들
리는 현관문 닫히는 소리는 과장 조금 보태 고양이 발자국
소리만큼 조용하다.

그러니까 아버지가 새벽에 깨지 않는 날은 일주일 남짓
여름휴가 기간과 연말 하루뿐이었다. 20년 언저리 세월 동
안 어찌 감내할 수 있었던 건지 나는 감히 헤아릴 수 없다.
늘 하시던 그 말은 생각난다.
"아빠 철인 28호 아니가!"

아빠, 아빠는 어떻게 그렇게 강해?
어떻게 그렇게까지 할 수 있어?

아버지의 뒷모습과 늘어난 그림자를 바라볼 때면 그 그림
자만큼 아버지가 커 보인다. 1박 2일 청송에서의 짧은 여행

에서 돌아오던 날 아버지가 수줍은 미소로 말했다.

"딸 덕분에 연차 쓰고 새벽에 쉬어보네."

어머니도 20년 넘게 연차 내고 새벽에 안 나가기는 처음이라고 말하셨다. 그 말을 듣고 아버지의 긴긴 노고가 파노라마처럼 스쳐 지나갔다. 새벽에 늦잠을 잤다고 헐레벌떡 뛰쳐나가다 다리를 접지르거나 계단을 급하게 내려가다가 넘어질 뻔했다거나 한 일들 말이다. 가끔 아버지는 이 이야기를 모험담마냥 말씀하신다. 그 사실이 조금은 웃프다.

웃프다, 누가 처음 만든 건지, 뛰어난 관찰력과 통찰이 담긴 모순적인 단어가 아닌가? 가장 희망이 필요한 사람은 절망 속에 있는 사람이라는 모순처럼 슬픔은 때론 웃음과 함께 드러나기도 한다. 슬펐기에 지금 웃을 수도 있다. 그렇게 생각하면 이 슬픔이 마냥 밉지만도 않다.

2025년 가을 부모님과 제주도 여행을 간 둘째 날의 일이다. 오전 첫 일정을 위해 사계 해변을 가던 길이었는데 우연히 발견한 용머리해안 이정표에 홀린 듯 걸음을 멈췄다. 표지판에 적힌 입장 마감 시간은 11시, 현재 시각 10시 반. 우리는 매표소까지 한걸음에 달려가 입장권을 끊었다.

용머리해안 길을 따라가다 보면 물결모양의 벽이 두루마리를 펼친 듯 이어진다. 벽 아래를 걷다 보면 동굴에 둘러싸여 있는 기분이 들기도 했다. 울퉁불퉁한 바닥임에도 아이들은 장애물 피하기 하듯 뛰어놀기 바쁘고 어른들은 벽에 붙어 사진 찍기 바쁘다. 웅장한 자연 앞에서는 어른 아이 할 것 없이 즐겁다. 울퉁불퉁한 바위에 발이 턱턱 걸릴 때마다 절로 '아이고' 곡소리가 나온다. 그럼에도 자연은 계속 앞으로 나아가게 하는 힘이 있다.

오후에는 소품샵에 들러 어머니는 친구들에게 줄 마그네틱을 사고, 나는 다양한 디자인의 와펜을 다리미로 지져 키링을 꾸밀 수 있는 곳에서 나만의 키링을 만들었다. 내가 좋아하는 책 모양 위에 돌하르방 캐릭터와 한라봉, 야자수 나무, 그 위로 내가 좋아하는 음식인 김밥을 넣고 문구는 사심을 가득 담은 '대박'과 '사랑!'을 선택했다. 옆에 있던 어머니에게도 하나 골라 달라 하니 땅콩을 골라주길래 살짝 고민했지만 지금 보니 귀여운 게 넣길 잘한 것 같다. 지금도 이 글을 읽고 있을 어머니에게, 고마워!

아기자기한 것들에 지갑을 털리고 난 뒤 맛있기로 유명한 베이커리에서 빵을 잔뜩 사며 정신없이 오후를 보내면서도 커피 한 잔 마실 생각을 하지 못했다. 여기 갔다가 저기 갔다가 장소 이동이 많은 일정에 피로감을 느끼는 건 어찌 보면 당연한 일이다. 그래서 저녁은 회를 포장해 숙소에서 먹을 생각이었다. 하지만 여기에서 난관에 부딪히게 된다.

그냥 포장하지 말고 먹고 갈 것인지부터 시작해 사이드를 추가할 것인지 말 것인지, 왜 카페는 가지 않은 것인지 대화가 과거로 돌아간다. 억지로 시곗바늘을 뒤로 빙빙 돌리기 시작하자 관계도 함께 삐그덕거린다. 지쳐버렸다. 온몸의 힘이 쭉 빠져 입 뻥긋할 힘도 없다. 쏟아진 어머니의 말에 아버지가 한 마디를 더하자 기름에 물 붓듯 상황은 점점 파국으로 치닫는다.

고운 모래가 아름다운 김녕 해변에서 우리는 모래가 쉬이 흩어지듯 말을 잃어버렸다. 끊어질 듯 말 듯 허공에 대고 혼잣말하듯 말하는 게 다다. 근처의 유명 횟집에서 모둠회를 포장해 조천에 위치한 숙소로 향했다. 겨울이 다가옴에 추위를 피하듯 해는 재빨리 모습을 감춘다. 그나마 띄엄띄엄 있던 가로등도 종국엔 없어지자 어둠이 무섭게 뒤따라온다. 만약 저녁을 먹고 들어왔더라면 찾느라 꽤 애를 먹었을 것이다. 조용한 차 안에도 조금씩 대화가 오가기 시작했다.

"일찍 나서길 잘했네."

"밥 먹고 왔으면 너무 어두워서 길 찾기도 어려웠겠다."

길이 왜 이렇게 어두컴컴하냐며 다들 입을 모아 다행이라고 말하기 바빴다. 마치 조금 전의 침묵을 다행이라는 말로 덮으려는 듯 말이다. 그렇게 말다툼하고 맘 상해하면서도 조촐하게 차려진 밥상에 둘러앉자 언제 그랬냐는 듯 웃게 되는 게 가족인가 보다. 지역 특산품인 상큼한 한라봉 막걸리와 노란 조명에 분위기가 무르익어갈 무렵 문자 한 통이 날아왔다. 발신인은 숙소 사장님. 참고로 숙소를 조천읍

산 중턱으로 정한 가장 큰 이유는 '별 투어'였다. 날씨가 좋은 날에는 사장님께서 별도의 비용을 받지 않고 무료로 별 보기 좋은 곳을 안내해 주신다는 숙소 후기를 읽고 바로 예약했다. 그때부터 부모님과 별천지 하늘을 올려다보는 상상을 머릿속에 그려왔었다. 한껏 훈훈해진 분위기에 기분 좋게 올라갔던 입꼬리가 중력에 끌리듯 점점 아래로 내려간다. 그제야 심각성을 느낀 어머니가 걱정스레 물어온다.

"왜? 뭐 잘못됐어?"

"어떡하지, 주소가 있어. 약속 장소까지는 직접 가야 하나 봐."

미처 생각지 못했던 부분이었다. 미리 물어봤어야 하는데 자책과 동시에 포기하기 위해 어쩔 수 없는 일이라며 스스로에게 되뇌듯 중얼거렸다. 기대가 컸던 만큼 상실감도 컸다. 부모님은 별 투어고 뭐고 넋이 나간 나를 걱정하기 바빴다.

혹시나 하는 간절한 마음으로 사장님께 전화해 양해를 구해보았으나 사장님은 투어가 끝나면 숙소로 돌아오지 않고 다른 일정이 있는 상황이었다. 망연자실 침대에 기대앉아 있을 때였다. 사장님으로부터 또다시 문자가 왔다.

별 투어를 가는 다른 손님에게 우리 가족과 함께 가주실 수 있는지 물어봐 준다는 것이 아닌가. 죄송함과 감사함에 몸 둘 바를 몰라 방안을 서성였다. 승낙을 얻기까지 그리 오래 걸리지는 않았다. 늦은 밤, 생판 남을 태우고 운전한다는 결정이 쉽지 않았을 텐데 흔쾌히 승낙해 준 것이다. 덕분에 우리 가족은 기대하던 별 투어를 무사히 다녀올 수 있었다.

추위에 벌벌 떨며 밤하늘의 별을 올려다보면서도 자꾸만 두 사람에게 시선이 갔다. 낯선 이들이 불편할 법도 한데 그들은 오고 가는 내내 우리 가족에게 한결같이 친절했다. 한없이 다정한 그들이 너무 멋있어 보였다. 다정한 사람이 강한 사람이라는 걸 다시금 느끼는 순간이었다.

하루에 몇 번이나 불행과 행복을 오갔는지 모른다. 어쩜 이리 안 풀리는 걸까 싶다가도, 두루마리 휴지 풀리듯 술술 풀려 버리는 신기한 나날이었다. 우리 가족은 기억력이 그리 좋은 편은 아닌 것 같다. 무슨 일이 있어도 하루를 넘기지 않기 때문이다. 감정이 폭발한 뒤 곧바로 착실히 재건축하는 과정을 반복한다. 그게 모래성일지라도 말이다.

아무렇지 않게 뻔뻔한 얼굴로 같이 엉덩이 붙이고 앉아 밥 먹고 자고 이야기하다 보면 그게 가족이다. 좋은 일도 나쁜 일도 결국엔 지나간 과거가 된다. 지금 이 순간 제주도 여행이 과거가 된 동시에 추억이 된 것처럼 과거형이 된다는 게 꼭 나쁜 일만은 아니더라. 좋은 과거를 만들기 위해 부단히 노력하고 싶다.

약해질 때
비로소 보이는 것들

성숙함이 주는 행복

10

　휴일 오후, '행복에 대한 지구 반대편의 생각'이라는 제목의 추천 영상이 눈길을 끌었다. 썸네일을 클릭해 들어가 보니 유튜버 밀라논나님의 채널이었다. 영상은 이탈리아 밀라노 한복판에서 사람들에게 행복이란 무엇인지에 대해 밀라논나님이 직접 인터뷰하는 형식으로 진행됐다. 궁금한 나머지 10초씩 앞당기기를 하며 빠르게 훑었다. 그러던 중 한 인터뷰이의 대답에 멈춰 섰다.

Q. 최근 당신이 가장 행복했던 순간은 언제인가요?

"최근에 제가 아빠가 될 거라는 것을 알게 되었거든요. 그 소식은 저를 행복하게 만든 것을 넘어 현실에 더 집중할 수 있게 해줬어요. 이 세상은 진정으로 성숙해지는 걸 미루는 경향이 있는 것 같아요."

그 대답에 머릿속에 전구가 탁! 켜지는 것만 같았다. 최근 주변에 출산한 사람들이 여럿 있었는데 그들을 보며 그냥 하는 말이 아닌 진심으로 대단하다고 생각했다. 그러니까 그건, 내 자식이긴 하나 본인뿐만이 아니라 다른 누군가를 책임질 각오를 했다는 것에 대한 존경심이었다. 감정의 너울을 지나 앞으로도 정신적으로든 육체적으로든 버티기 어려운 파도가 나를 덮칠지도 모른다는 것을 뻔히 알면서도 기꺼이 감내하기를 결심한 것이다. 마치 하와이 오아후의 와이메아 베이에서 서핑 보드 하나에 몸을 맡기고 30피트 높이의 파도에 맞서는 것처럼 말이다. 양육자가 된 이상 계속해서 성숙한 어른의 모습을 원하든 원치 않든 갖춰나가야 한다. 그런 척해야 하는 순간도 많을 것이다.

인터뷰를 했던 남자의 말마따나 더 이상 변명할 여지 없이 변해야만 한다. 나만 생각하면 되던 시절은 끝났다. 하지만 그럼에도 기꺼이 새로운 행복을 받아들였다는 그는 이미 충분히 성숙한 어른의 모습이었다. 헬렌 켈러가 말한 '행복의 한쪽 문이 닫히면 다른 쪽 문이 열린다.'의 의미가 바로 이런 게 아닐까? 애벌레가 4번의 허물을 벗고 5령의 고치를 틀고서야 나비로 우화 하듯, 이전에 누리던 행복보다 어쩌면 더 크고 새로운 행복이 찾아올 것이라 믿고 변화를 택하며 문을 여는 것 말이다.

변명할 수 없이 성숙해져야만 하는 상황에 대해 곰곰이 생각해 보았다. 아무래도 책임져야 할 것이 생기는 순간이 아닐까? 간단하게는 학교를 졸업하고 부모님이 주시는 용돈이 아닌 스스로 번 돈으로 생계를 이어가는 것에서부터 반려동물을 키우는 것, 결혼을 하는 것, 아이를 키우는 것, 누군가의 죽음, 피할 수 없는 질병 같은 것들 말이다. 멀리서 보면 어렵게만 느껴지지만, 막상 닥쳐 겪고 나면 마치 한

단계 성장한 듯한 기분을 느낄 수 있다.

나 또한 많이 미성숙한 사람이었다. 지금도 그리 성숙하다고 할 수는 없겠으나 어릴 때와 비교한다면 성장했다. 친구와의 갈등 상황에서 편한 것보다 직접 직면하고 부딪히기를 피하지 않는 쪽을 선택했고, 가족과 다투더라도 대화를 계속함으로써 더 나은 방향으로 나아가고자 했다. 건강이 좋지 않을 땐 포기해야 하는 부분은 포기할 줄도 알아야 했다. 어쩌면, 풍파(風波)라는 것이 '나'라는 뗏목을 더 멀리 나아갈 수 있게 해주었던 건지도 모른다. 장편 소설 『모순』에 나오는 주인공 안진진의 이모는 모든 풍파를 피한 인물로 그려진다. 하지만 풍파가 없는 잔잔한 물결 속에서 끝내 스스로를 내던져 풍파가 되기로 선택한다. 그 대목을 읽으며 안타깝기 그지없었다. 어려움 없는 인생이란 없다지만, 진정 이 작은 어려움조차 없다면 허무해져 버린다니, 책의 제목처럼 아이러니한 일이다.

성숙과 행복은 비례하는 것 같다. 추상적이지만 더욱 선명하게 느껴진다. 마치 어릴 때 모르던 부모의 사랑을 나이가 들어서야 그 깊이를 깨닫게 되는 것처럼. 내가 얼마나 사랑받는 존재이며 동시에 사랑을 줄 수 있는지, 내 안에 사랑이 있음을 깨닫는 여정이다. 그러니 선택의 순간이 눈앞에 왔을 때 성숙해지는 것을 두려워하지 않으려 한다. 선택의 여지가 없이 해야만 하는 순간이 오더라도 마찬가지다. 힘들 것 같을 땐 옆 사람 손을 꼭 쥐고서라도 갈 테다.

의학적 지식을 기대한 사람들은 실망했을지도 모른다. 하지만 지식이 아닌 다른 무언가를 기대하고 찾는 사람도 있을 것이라 생각한다. 우리는 '정보의 홍수'라 불리는 시대를 살고 있다. 찾기를 원한다면 얼마든 원하는 정보를 손쉽게 찾을 수 있을 테다. 그러나 단순한 정보에서 벗어나 부담스럽지 않은 방식으로 교감하고 싶은 이들도 있을 것이다. 어떠한 모임에도 속하지 않으며 마음을 나누고 싶어 하는, 바로 나 같은 사람들 말이다. 그 수단이 책이었다. 책은 어찌 보면 자기 이야기만 하는 것처럼 보이지만, 그것을 강요하지는 않는다. 그래서 나는 일방적인 정보 제공보다 경험을 공유하는 글을 쓰고 싶었다.

**약해질 때
비로소 보이는 것들**

먼저 뇌전증이 내게는 어떤 모습으로 찾아왔는지 묘사하는 것으로 이야기를 열었었다. 지금 와서 보니 별것 아닌 일로 엄살 피우는 것처럼 보이기도 하지만, 그만큼 나도 성장한 것이리라 긍정적으로 생각하기로 한다. 이제 그 정도 시련은 껌이지 하고 말이다. 병이 찾아오면 좋든 나쁘든 사람의 무언가를 바꾸어 놓는다. 그런 이야기 들어보았을 것이다. 죽을병에 걸린 뒤 모든 욕심을 내려놓고 온화해진 사람 이야기 말이다. 그러나 어떤 이는 삶에 대한 집착 때문에 오히려 욕심만 더 커지기도 한다. 하지만 나는 그를 못난 사람이라고 손가락질할 수는 없다고 생각한다. 겪어보지 않고서는 그 심경을 모두 헤아릴 수 없기 때문이다. 역지사지(易地思之), 상대의 입장에서 생각해 볼 문제다. 욕심만 그득한 사람들은 어찌 보면 진정 원하는 걸 가져본 적이 없는 게 아닐까? 그래서 공허함을 채우려 끊임없이 무언가를 욕망해야만 하게 된 게 아닐까, 그렇게 생각하면 그들이 가엾게만 느껴진다.

고백하자면 과거의 나는 이기적인 사람이었다. 어떤 상황

이든 마치 흑과 백, 선과 악처럼 이분법적인 시선으로 바라
보았고, 그 과정에서 알게 모르게 사람들에게 상처를 주어
왔다. 진실을 보기보다는 사실에만 집중했다. 어릴 때의 나
에게 중요한 건 거짓 없는 솔직함이었다. 그땐 그것이 옳다
고 생각했지만, 지금은 그렇지 않다는 것을 안다. 무슨 이유
에서든 나에게 타인을 상처 입힐 자격 따위 없다.

아프고 난 뒤에야 인간이 얼마나 나약한 존재인지 새삼
깨달았다. 나의 발병 원인은 알 수 없었다. 최첨단 장비로
검사를 할 수 있다지만 거기까지다. 원인을 밝혀내기란 쉽
지 않은 일이었다. 결국 결론은 절정에 다다른 극심한 스트
레스뿐이었다. 왠지 김이 팍 새더라. 무슨 특별한 이유가 있
는 줄 알았기 때문이다. 하지만 그래서인지 나는 더욱 다정
한 사람이 되고 싶어졌다.

상처 입을 것이라는 걸 알면서도 꺼내는 날카로운 말, 나
편하고자 하는 배려 없는 말, 사실이라며 퇴로 없는 궁지에
사람을 모는 말. 어쩌면 그 모든 말들이 사람을 병들게 하는

지도 모른다. 실은 우리 모두 어렴풋이 알지 않은가, 상대방이 무슨 말을 듣고 싶어 하는지. 정 하기 싫다면 하지 않아도 된다. 나쁜 말이 나올 것 같다면 차라리 아무 말도 하지 않는 것도 좋은 방법이다. 그래서 침묵을 금(金)이라 하는 건가 보다. 참는다는 건 수행을 하는 것과도 같으니까 말이다. 나이를 먹어가며 유쾌한 할머니가 되지 못한다면 차라리 묵언 수행하는 할머니가 되고 싶다고 생각하는 요즘이다.

연말이 다가오고 새해가 되면 우리는 이렇게 인사한다. '아프지 말자!', '항상 건강해.', '아픈 곳 없이 무탈하기를.' 그 모든 말들에 사랑이 그득하다. 건강을 생각하는 말에는 따뜻한 온기가 담겨있다. 전 세계적으로 유행했던 대 코로나 시기를 거치며 더더욱 빠져서는 안 되는 인사말이 되었다. 그렇기에 더 이상 겉치레로 내뱉는 말이 아닌 기도하듯 진실로 바라며 건넨다. "건강하세요."

매일 아침, 저녁으로 한 알의 약을 먹는다. 솔직히 먹어도 어떤 좋아진다는 느낌은 없다. 그럼에도 이 하찮게 보이

는 조그마한 알약 하나가 몸 상태를 좌지우지할 수 있다는
게 참 신기한 일이다. 믿거나 말거나 그럼에도 빠지지 않고
매일 잘 챙겨 먹고 있다. 아침에 한 알 먹으며 생각한다, 오
늘 하루도 아무 문제 없이 수행해 낼 수 있다고. 퇴근한 뒤
한 알 먹으며 생각한다, 이제 안 먹어도 되지 않나? 사람은
망각의 동물이라더니 아침 다르고 저녁 다르다. 여전히 달
력에는 병원 가는 날이 적혀 있고 약을 먹고 있지만, 웃음은
더 많아졌다.

완벽한 건강이 나를 웃게 하는 것은 아니다. 건강을 되찾
아 가는 회복의 과정 속에서 '그럼에도 괜찮다'는 것을 배웠
기 때문인지도 모른다. 완치까지 얼마나 남았는지는 알 수
없다. 나도 모르고 의사 선생님도 모르고 아마 그 누구도 모
를 것이다. 그럼에도 불구하고 지금의 나는 괜찮다. 아마 앞
으로도 나는 괜찮을 것이다. 건강을 위해 노력할 것이고, 좋
은 풍경을 보기 위해 자주 고개를 들 것이다. 앞으로도 좋은
사람들 곁에서 적정한 온도를 유지하며 데워진 다정함으로
계속 글을 써나가고 싶다는 게 나의 희망이다. 그러니 이 책

을 읽는 독자님들도 고개를 들어 아름다운 순간에 잠시 머물며, 미래가 아닌 지금이 괜찮기를 바란다.

끝으로, 넉넉하지는 않더라도 부족함 없이 키워주신 부모님께 깊이 감사드립니다. 돈이 되는 일이 아님에도 늘 글 쓰는 저를 한결같이 응원해 주신 덕분에 여기까지 올 수 있었습니다. 진심으로 감사합니다. 사랑합니다.